樊曦／著

伶仃洋上的踏浪者

——林鸣和港珠澳大桥岛隧工程团队

全国百佳图书出版单位
APGTIME 时代出版
时代出版传媒股份有限公司
安徽人民出版社

图书在版编目(CIP)数据

伶仃洋上的踏浪者 : 林鸣和港珠澳大桥岛隧工程团队 / 樊曦著. — 合肥 : 安徽人民出版社, 2020.3

ISBN 978-7-212-10758-1

Ⅰ. ①伶… Ⅱ. ①樊… Ⅲ. ①报告文学—作品集—中国—当代 Ⅳ. ①I25

中国版本图书馆CIP数据核字(2020)第006429号

本书图片由中国交通建设集团有限公司提供

伶仃洋上的踏浪者

——林鸣和港珠澳大桥岛隧工程团队

LINGDINGYANGSHANG DE TALANGZHE

——LINGMING HE GANGZHUAODAQIAO DAOSUI GONGCHENGTUANDUI

樊　曦 / 著

出 版 人： 徐　敏　　**选题策划：** 查长苗　刘　哲

责任编辑： 袁小燕　周　羽　　**责任印制：** 董　亮

装帧设计： 陈　爽

出版发行： 时代出版传媒股份有限公司 http://www.press-mart.com

安徽人民出版社 http://www.ahpeople.com

地　　址： 合肥市政务文化新区翡翠路1118号出版传媒广场八楼　　**邮编：** 230071

电　　话： 0551-63533258　0551-63533259(传真)

印　　刷： 合肥华云印务有限责任公司

开本： 710mm×1010mm　1/16　　**印张：** 11.5　　**字数：** 165千

版次： 2020年3月第1版　　2020年7月第1次印刷

ISBN 978-7-212-10758-1　　**定价：** 88.00元

序

看海和出海是两种不同的人生境界

一种是把眼睛给了海，一种是把生命给了海

——汪国真

林鸣是把生命给了海的人。

第一次采访完他，用媒体同行的话说，我就成了他的“迷妹”。

抛开数度打磨、几经推敲的稿件不说，在与人聊天的时候，我常常会讲起他的故事。这个为工作几近“疯魔”的人物，成了我多年人物采访中印象最深刻的典型。

为什么？因为他不同于一般人，甚至有着不同于一般劳模典型的“疯魔”模样，他异常苛刻地追求完美，对工程质量毫不放松的坚持，总是处于完全投入、我已无我的工作状态。

另一方面也是因为，他所从事的工程是“超级工程”。港珠澳大桥工程集桥梁、隧道和人工岛于一体，建设难度极大，被誉为桥梁界的“珠穆朗玛峰”。而在“珠穆朗玛峰”的顶端是林鸣负责的岛隧工程——两个人工岛，33 节沉管，风险之大，难度之高，前所未有。

作为中国交通建设股份有限公司（后文称中国交建）的总工程师，自 2010 年 12 月起，林鸣担任港珠澳大桥岛隧工程项目总经理、总工程师，率领数千人的建设大军奔赴珠江口伶仃洋，开始了攀登世界工程技术创新之高峰。

人们对他有很多称呼，称他为岛隧工程的“定海神针”，是全球大工程的“大管家”，还是一个投入时就“疯魔”的家伙。

在港珠澳大桥建设的 8 年里，他几乎每天工作到半夜 12 点甚至两三点，第二天清晨 5 点即起。即使在睡梦中，他还在琢磨着手里千头万绪的工作。要知道，他出生于 1957 年，在港珠澳大桥建设最关键的那几年，他已经是即将退休的“老人”。普通人在这个年纪早已开始关注养生，过上早睡早起的日子。

在这样高强度的状态下，林鸣说必须有一副好身体才能扛得住。每天清晨 5 点，他雷打不动地开始 10 公里的晨跑，这不仅是为了应付浩大工程而锻炼身体，这也是他思考问题的时间，许多想法就在这奔跑的脚步下产生。

“跑步的时候就思考，在跑步中解决很多工作上的问题，感觉时间特别快，跑步是解决问题的一个途径。”林鸣说。

“每天都跑吗？”我问。“每天都跑。下雨的时候，就在跑步机上跑。一边跑，一边脑子高速转动。”林鸣说。

“你不是人。”我开玩笑地对他说。林鸣反问道：“如果跑步都不能坚持，世界级的工程能坚持下来吗？”

这样一个人，多年如一日，一如既往地坚持，是什么在支撑着他？这让我着迷。

记得第一次采访时，从早上 10 点一直到下午 5 点多，在珠海项目部林鸣的那间不大的办公室里，我们不间断地对谈了 7 个多小时。其间，项目部的同志让我们去楼下食堂用餐，我不忍打断林鸣的谈兴，更深深为他不屈不挠的精神所折服，便说咱们别去了，就在办公室边吃盒饭边谈吧。林鸣一听特别高兴，他连说好好好。就这样，我进行了 7 个多小时的采访，这是我记者生涯里连续不停采访时间最长的一次。采访结束后，由于边问边听边用电脑记录，我已经觉得体力有些透支，而林鸣却马上召集项目人员开始了下一个会议。还有那么多事要干呢，他哪有时间觉得累。

在采访中我才知道，这样不停歇的 7 小时对林鸣来说连“小菜”都算不上，连续作战对他来说早就是家常便饭。8 年施工，越是关键时刻，他越“疯魔”，会像“钉子”一样，十几个小时、几十个小时地“钉”在现场。

最“魔”的一次，第一节沉管 E1 安装，整整 96 个小时，他坐镇指挥台无休无眠，直到沉管安装安全到位，达到精准要求。

这就是林鸣的状态，一直在奔跑中不断奋进。

人们对他又爱又怕，又佩服又感叹。

爱的是，他是当之无愧的指挥者和精神领袖。很多人说，没有他，这个工程也许仍能成功，但是否还能在无数的细节中做到同样的优质，同样的“世无其二”，则很可能成为问号。他的付出，让所有建设港珠澳大桥工程的人，甚至那些像我一样只是“路过”港珠澳大桥工程的人都终生难忘。

怕的是，林鸣十分严苛，可以说很多时候都“吹毛求疵”。他不仅是掌控全局的“大管家”，也时常细致得像一架“显微镜”。哪怕去工人居住的宿舍检查，他都会“与众不同”。不是摸冰箱顶去看卫生条件是否到位，就是摸冰箱下面，灰尘多了，工区负责人免不了要受他一顿训。

我也体验过一次他的严苛。在随林鸣登上已进入收尾阶段的西岛时，那时主体工程已全面贯通，到了最后的装饰安装的阶段，林鸣也一刻没

有放松。

“越到最后关头，越容易麻痹出错，越不能掉以轻心。”林鸣说。刚一上岛，他就发现在浇筑混凝土路面时，一旁的挡浪墙上只用透明胶粘了塑料袋挡住了下半部分。

“这样墙上很容易溅上泥点，弄不下来。这种透明胶贴了也会有印。停止施工，赶快取下来，拿透明袋把墙全部遮好。”因为这一个小小的细节，他把现场负责人、施工人员叫到一起。烈日之下，他整整“训”了20分钟。

只是一点透明胶、一点泥印而已，这些在普通人看来并没有什么大不了的事，但在林鸣看来，细节决定成败。做一流的工程，怎可败于细节?

这种认真的精神让人不得不佩服。建设港珠澳大桥就像驾驶小舟在惊涛骇浪中前行一般，而林鸣总能用自己的智慧和坚毅引领大家驶过激流险滩。所以在最终接头安装虽没达到预想标准，但已达到世界平均水平的时候，他力排众议，坚持重新安装，直至做到精调，绝不留下一点遗憾。

在对他佩服之余，他身边的建设者们也都感叹，跟他干完一个项目就不想跟他去干下一个，因为实在太累太累了。然而，他们又说，跟林总干，一个项目就成长起来了，完全可以独当一面。

8年间，林鸣像守护孩子一样陪着港珠澳大桥一点点“长大”，见证着这个“孩子”创造一个又一个第一：全球第一例集桥、双人工岛、沉管隧道为一体的跨海通道，世界建设速度最快的海上人工岛，世界最长的、唯一一个滴水不漏的深海沉管隧道……

在“第一”面前，是中国建设者从“跟跑”到“领跑”的自豪；在“第一”背后，是林鸣及其团队“痛并快乐着”的不懈坚守，他们实现了中国建设从“跟跑”到“领跑”的蜕变。

“我不喜欢走路，太慢了，我喜欢跑步，喜欢不断超越。”林鸣说：“我每天都在和时间赛跑，和自己的人生赛跑。”

国际工程界给予了港珠澳大桥工程极高的评价。著名的荷兰隧道工程咨询公司（Tunnel Engineering Consultants，TEC）执行总裁汉斯·德维特（Hans de Wit MSc）说：“港珠澳大桥是全球最具挑战性的跨海项目，岛隧工程可能也是迄今为止最为复杂的一项工程……项目做得非常成功，达到最高的国际质量标准。”

看完本书，你可能会觉得，林鸣这样的人离自己太远了，普通人学不来也达不到，这大概又是一个可望而不可即的典型宣传。

我想说，不是的。

在林鸣的人生哲学里，他特别强调，不是因为面对超级工程才采用超级打法，对所有工程都是一个态度。对我来说，他的这段话可能是我采访的最大收获。这段话，也是不管哪个领域哪项工作哪个人生阶段都可以努力践行的。

他说：“不能说超级工程就采取超级态度，一般工程就采取一般态度。人生只有一个标准，只有一种态度，那就是不断奔跑，把每件事做好。”

他还说：“如果每个人、每个行业都能把自己的事情做好，中国就一定好。”

中国，需要这样的国之匠心。

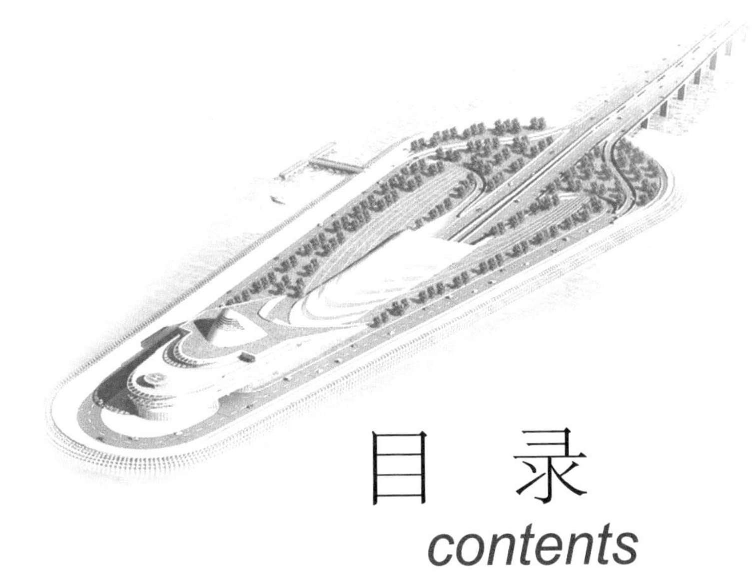

目 录
contents

第一章 明珠彩带

辛苦遭逢起一经，干戈寥落四周星。
山河破碎风飘絮，身世浮沉雨打萍。
惶恐滩头说惶恐，零丁洋里叹零丁。
人生自古谁无死？留取丹心照汗青！

——文天祥《过零丁洋》

LINGDINGYANG SHANG DE TALANG ZHE

辛苦遭逢起一经，干戈寥落四周星。

山河破碎风飘絮，身世浮沉雨打萍。

惶恐滩头说惶恐，零丁洋里叹零丁。

人生自古谁无死？留取丹心照汗青！

——文天祥《过零丁洋》

2018年10月24日，港珠澳大桥正式通车。这座大桥全长55公里，是世界上最长的跨海大桥，从设计到建设前后历时14年。在正式谈到林鸣和港珠澳大桥岛隧工程渊源之前，让我们先来看看港珠澳大桥的缘起和发展。

先回到南宋末年。

·港珠澳大桥（一桥连三地，三地变通途。全长55公里的港珠澳大桥如长龙卧波，横跨伶仃洋。伶仃洋又名零丁洋。）

公元1278年（宋祥兴元年），南宋朝廷右丞相兼枢密使文天祥在广东海丰北五坡岭兵败被俘，被押到船上，随后又被押解至崖山。

是时，南宋将领张世杰、陆秀夫等带着刚登基不久的小皇帝败退至此，与元军作殊死的最后一搏，历史似乎注定了要选在这里翻开空前悲壮的一页。

元军逼迫文天祥写信招降固守崖山的张世杰、陆秀夫等人，文天祥不从，出示此诗以明志。

伶仃洋水域大约有2100平方公里，位于珠江口外，是珠江最大的喇叭形河口湾。当年，文天祥兵败被俘，过零丁洋时留下著名诗作《过零丁洋》，其中“惶恐滩头说惶恐，零丁洋里叹零丁”一句里的“零丁洋”指的就是今日的“伶仃洋”。

当时的“惶恐”和“感叹”今日再不见踪迹，而诗作中最后一句“人

·珠澳口岸和大桥收费站

·橘红色的灯光摇曳着港珠澳的独特风情，蜿蜒的大桥延伸出对未来发展的美好愿景

生自古谁无死，留取丹心照汗青”所展现的英勇精神一直在中华大地传承，在伶仃洋上闪耀。

大浪淘沙，惊涛拍岸，大海成为人类记忆永不磨灭的见证者。直到700余年后，历史把目光再度投向这片水域……

苦难历史

伶仃洋，亦称作零丁洋，在广东省珠江口，域内有内伶仃岛和外伶仃岛。鸦片战争前，伶仃洋和伶仃岛曾被英美侵略者的鸦片贩子用趸船和快艇强占，成为对我国进行鸦片走私的跳板。

伶仃洋其范围，北起虎门，南达香港、澳门，宽约65千米，水域面积约2100平方公里。东由深圳市赤湾，经内伶仃岛，西到珠海市淇澳岛一线以北为内伶仃洋，以南为外伶仃洋，水域面积分别是1041平方

公里、1059 平方公里。

1819 年，葡澳当局尝试全面控制英印输华鸦片，导致英国商人的不满，于是逼使其寻找澳门以外更合适鸦片交易的地点。

19 世纪 20 年代初，外国鸦片商找到了一个比澳门和黄埔更安全方便的地点，就是伶仃洋面。自此之后，伶仃洋面逐步成为鸦片输华的重要基地。

其实，早在鸦片走私商人到来之前，伶仃洋就已经是广州口外的主要海上枢纽。所有外轮进入珠江内河，必须在此等候大清国引水员前来检查。检查之后，外轮还不能立即进入，要再开往澳门办理入境许可证，而后才由第二批引水员前来将其带入广州。如此折腾，外商们也很无奈。

在这漫长的入境等待中，外轮都停泊在伶仃洋面，加上那些无法得到入境许可的护航军舰，伶仃洋哪里还会伶仃，倒是热闹非常，成为大清的“世贸中心”。

自 1835 年到鸦片战争爆发前的 1839 年，伶仃洋进入全盛时期。精减了行商这一中间环节后，外商们的利润大大提升。鸦片走私“大干快上”，年均进口量曾达到了 30000 箱。

到了 1839 年，道光帝派湖广总督林则徐为钦差大臣，赴广东从英商手中没收鸦片、从中国民间收缴烟具，并于虎门海口悉数销毁，史称“虎门销烟”事件，这亦是鸦片战争直接的导火索。

为打开中国市场大门，英国政府以此为借口，决定派出远征军侵华。1840 年 6 月，英军舰船 47 艘、陆军 4000 人在海军少将懿律 (George Elliot)、驻华商务监督义律 (Charles Elliott) 率领下，从伶仃洋长驱直入我国内陆，鸦片战争开始。

· 6.7 公里海底隧道，33 节超级沉管，世界最大沉管预制厂，中国交建建设者毅然踏上七年筑梦之路。

战争以中国失败并赔款割地告终，更签订了中国历史上第一个不平等条约《南京条约》。从此，香港被英国殖民者长期占领，澳门也在1887 年沦为葡萄牙的殖民地，烙下了民族记忆的一道伤疤。

伶仃洋，由此见证了我国逐步沦为半殖民地半封建社会的屈辱历史。

当年的伶仃洋，充满了悲壮与慨叹；今天的伶仃洋，却是满载希望和未来。

历经波折

港珠澳大桥是我国继三峡工程、青藏铁路、南水北调、西气东输、京沪高铁之后又一重大基础设施项目。它东连香港，西接珠海、澳门，全长 55 公里，集桥、岛、隧于一体。

从各方报道来看，人们一般都说港珠澳大桥从前期建设到通车运

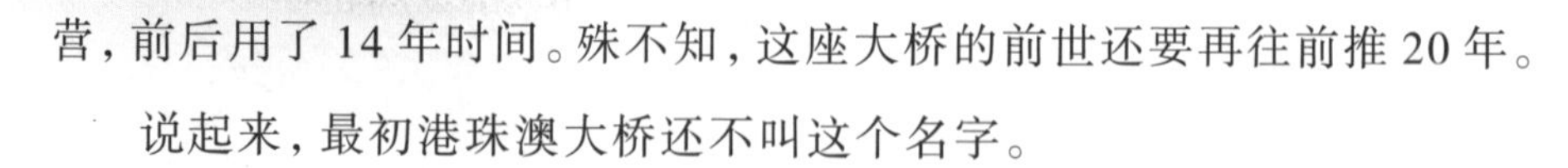

营，前后用了 14 年时间。殊不知，这座大桥的前世还要再往前推 20 年。

说起来，最初港珠澳大桥还不叫这个名字。

1983 年，全国政协委员、香港投资家、设计师胡应湘就提出要在香港和珠海之间建一座跨海大桥，叫“伶仃洋大桥”。

20 世纪 80 年代初，香港、澳门与中国内地之间的陆地运输通道虽不断完善，但香港与珠江三角洲西岸地区的交通联系因伶仃洋的阻隔而受到限制；到 20 世纪 90 年代末，受亚洲金融危机影响，香港特别行政区政府认为有必要尽快建设连接港珠澳三地的跨海通道，以发挥港澳优势，寻找新的经济增长点。

·2011 年 12 月 30 日，沉管隧道基础开始精挖施工

胡应湘是香港五大地产商之一，毕业于普林斯顿大学，是享誉全球的工程师，他曾经设计了香港的地标建筑——66 层的合和中心。这座大楼在 1980 年到 1990 年之间，是亚洲的第一高楼。20 世纪 80 年代初，胡应湘联合李兆基回到大陆投资，最早投资了中国大酒店。

·2011 年 1 月 4 日，港珠澳大桥西人工岛基础开挖动工鸣笛

胡应湘心系祖国，热爱家乡，是中国改革开放以后第一批进入大陆投资的香

港实业家。他在国内的投资主要包括：广州中国大酒店、广深高速公路、广珠高速公路、广州东南西环高速公路、顺德路桥系统工程、虎门大桥、沙角B电厂（2×35万千瓦）、沙角C电厂（3×66万千瓦）及深圳皇岗边检综合检查站等项目。

·2010年11月25日，中国交建联合体以设计施工总承包模式中标港珠澳大桥工程

·2009年12月15日，港珠澳大桥开工

按照胡应湘的想法，香港一定要和内地挂钩才能取得长远的繁荣发展。这与他早年留学美国有关。他熟悉美国的纽约湾区和旧金山湾区。他很清楚一座大桥对推动区域融合发展的重要意义。

1983年，胡应湘提出了建设一座跨海大桥连接香港、澳门、广东的想法——伶仃洋大桥计划。不过这个想法由于投资巨大，一直没有实现。另外香港的富豪中也有不少反对者，第一个就是华人首富李嘉诚。李嘉诚旗下的和记黄埔是香港最大的港口运营商，如果大桥建成，势必对和记黄埔的港口业务造成巨大的冲击。

伶仃洋大桥计划的构想，原来只预计连接香港和珠海，由香港屯门区、龙鼓滩、烂角咀起始，经过内伶仃岛、淇澳岛，到达珠海的金鼎；淇澳岛与珠海市区之间兴建淇澳大桥。这个构思在中国大陆的旧版地图

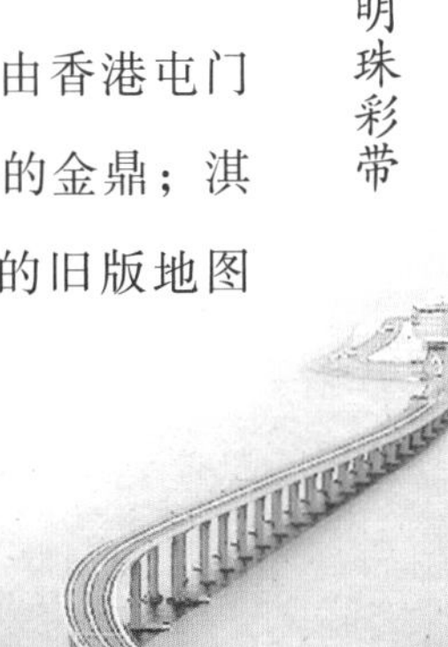

中仍可见到。

这次倡议无疾而终。随后胡应湘转战内地，于 1984 年在东莞的沙角投入几十亿元建成了沙角 B 电厂。这座发电厂在使用了 10 年后，无偿捐献给了政府。随后，胡应湘再次斥资在沙角建立了一座发电厂，同时投资百亿兴建广深高速公路。随后几年，他再次投资了另外几条高速公路，还投资兴建了著名的虎门大桥。

除了胡应湘，想修建一座大桥连接珠海与香港交通的还有一人，他就是时任珠海市长、市委书记梁广大。

1984 年，邓小平同志第一次南巡，视察深圳、珠海特区。离开珠海的时候，邓小平同志题了七个字“珠海经济特区好”。

一旁刚从佛山调任珠海任主官才一年的梁广大看了之后，又高兴又担忧。他知道，那个时候的珠海经济特区还真的配不上这个“好”字。

·东西人工岛（创新使用大直径深插钢圆筒快速筑岛技术，仅用 207 天完成 120 个钢圆筒打设）

这个最初规划面积仅为 6.8 平方公里的特区，一穷二白。

梁广大刚到珠海赴任时，整个珠海的工厂掰着手指头都能数清楚——一个磁带厂，一个毛纺厂，一个手提式录音机厂，几家电子加工厂，还有就是石景山酒店、珠海宾馆等，拱北一个房地产项目刚动工，当时珠海甚至连集装箱码头都没有。而珠江对岸的深圳，虽同为经济特区，却早就吸引了大量外商投资。

当时，一个集装箱从珠海运往香港的费用是五六千港币，光从珠海到深圳就要过 8 条河；而深圳、东莞只需要花上 2000 多港币。很多投资者来珠海看一圈就走掉了。

1983 年开始，梁广大到珠海任主官，一干就是 16 年，成为中国 5 个经济特区里主政时间最长的大员。在坊间他被称为"梁胆大"，任期内力推的几项"命运工程"，时至今日依然各有褒贬。

梁广大最爱说一句话："跳出珠海看珠海。"珠海如何从珠江西岸跳脱出去，很长一段时间成为梁最大的心病。不过他的想法，和胡应湘倒是对上了。

1986 年 11 月的一个上午，胡应湘约上珠海市委、市政府领导，一同勘察内伶仃洋大桥的线路走向，他要在珠海市政府层面争取到支持。这位香港富豪一点架子也没有，从登船到晚上下榻酒店，胡应湘一路都在介绍。他的设想和珠海市政府的想法也一拍即合。

经过 1 年的酝酿，珠海作出一项重要决策：打通对外开放通道，建设伶仃洋大桥。这是一项基于珠海长远发展战略定位的重大项目。

1989 年 2 月的春节外商联谊茶话会上，已经升任市委书记的梁广大兴致勃勃，在酒会的致辞中，正式对外公布了要建伶仃洋大桥的战略构想。此后数年，项目的论证规划不断推进，珠海也组织人员出国考察

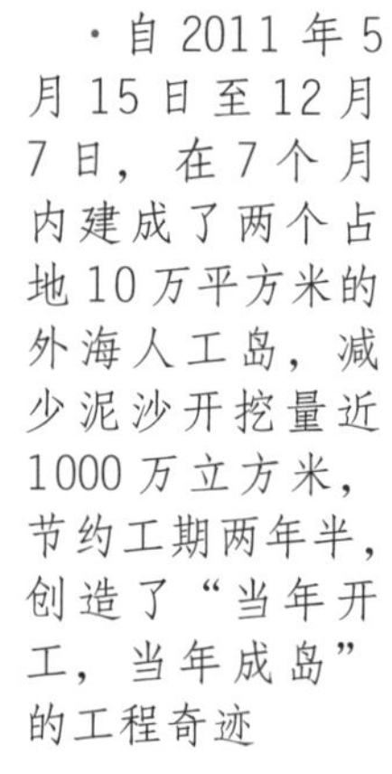

·自 2011 年 5 月 15 日至 12 月 7 日，在 7 个月内建成了两个占地 10 万平方米的外海人工岛，减少泥沙开挖量近 1000 万立方米，节约工期两年半，创造了“当年开工，当年成岛”的工程奇迹

跨海大桥、海底隧道。

1992年，经过调研论证，珠海确定了初步的修桥方案，由珠海金鼎至淇澳岛，跨过内伶仃岛至香港屯门烂角咀。这一方案和1983年胡应湘的想法并无二样。由于这座桥正好跨过伶仃洋水道，所以被称为伶仃洋大桥。

1996年12月30日，国务院原则上同意伶仃洋大桥立项。对珠海而言，这是一个爆炸性的好消息。

当时珠海粤剧团还排演了一出《珠江月》，其中唱道：伶仃烟云巨浪，港澳海外飘摇；欲将三地桥相连，唯珠海情最高。

这几乎是珠海意图修建伶仃洋大桥最高光的时刻。此后，在政治、商业和地区微妙平衡的多重角力下，修桥一事的计划可谓风雨飘摇、最终夭折。

20年的梦想

伶仃洋是珠江最大的喇叭形河口湾，属弱潮河口，潮型为不规则半日混合潮。在其周边有深圳市、珠海市、广州市、东莞市、中山市以及香港和澳门等经济发达地区，地理位置十分重要。

最难的并不是技术。“当时香港还没回归，港英当局不希望香港与内地走得很近，对建这样的大桥反应冷漠。”胡应湘说。

修桥之事，始于1983年香港的民间提议，但直到2003年，粤港两地高层才第一次就此进行正式的交流，中间整整过了20年，那要修的桥也从伶仃洋大桥变成了港珠澳大桥。

香港回归之前，港英政府一直对修建这座大桥表现冷淡。1994年香港特区筹委会经济小组在北京开会，梁广大带队到北京向小组成员作关于兴建伶仃洋大桥的工作汇报。梁直言，只要香港政府同意在香港上岸，不用花费香港的一分钱。

但末代港督彭定康拿出英美顾问公司报告，称要到2020年才有修这座桥的需求，一口回绝了。彼时，港英政府大限将至，根本无暇顾及修桥一事。

1997年7月下旬，梁广大又来到香港，在特首董建华办公室，他再次提起伶仃洋大桥修建问题。港府内部对修桥一直无法统一意见，导致基建一直延误。

·2014年11月25日，东人工岛清水混凝土试验

要知道，伶仃洋大桥的先期工程淇澳大桥已经开工。于是，在一片争议声中，这座桥建建停停，直到2001年才算通车，但主桥却遥遥无期。

2002年2月，深汕高速已经通到了汕头，沿海高速公路就要修到珠海。广东省副省长欧广源在香港一个高层会议上公布了深圳到珠海的“隧道计划”，以此打通珠三角西部的交通脉络。

香港这下急了。《香港经济日报》刊登社论：“珠深隧道一线通，香港地位靠边站。”更要命的是，经历了1998年亚洲金融危机的香港元气大伤，但另一边珠三角发展正在提速。

这一强一弱的交替，间接推动了修桥一事。香港政府很清楚，兴建大桥，可以拉动经济，也符合其整合珠三角区域经济的发展战略。

这边香港政府刚刚落锤，那边香港财团又掐了起来。搞基建、地产的，自然抱团成为“主建派”，以胡应湘为代表；而搞航运、有码头的自然抱团成为“反建派”，李嘉诚和霍英东都在其列。分歧就像和尚头上的虱子。所有人都明白，桥修好了，自然会动码头和港口的蛋糕。

时间到了2002年，胡应湘的人脉已经遍布了大半个香港富人圈，所以，他再次提出兴建港珠澳大桥的想法。与此同时，首富李嘉诚几乎已经垄断了香港的港口业务，香港21个集装箱码头有13个在李嘉诚手上，他手里的码头生意正是蒸蒸日上的时候。

李嘉诚自然不方便公开反对，于是就让和黄总经理霍建宁在意大利召开记者电话发布会，霍建宁以成本问题和技术方面的难题炮轰了胡应湘建桥的想法。随着香港顶级富豪们慢慢加入胡应湘阵营，李嘉诚开始感到了前所未有的压力，他以香港货运压力的问题反对建桥。实际情况是和黄在深圳投资的盐田港业务正处于快速发展阶段，而李嘉诚在珠海还投资建成了高栏港。

如果大桥建成，那么这两个港口的业务将面临致命的打击。为了尽快阻止港珠澳大桥的立项，他动员了自身所有的人脉，最后几乎半个香

·2017年8月25日，西人工岛清水混凝土挡浪墙

港富人圈都考虑到自身的利益问题，也选择和李嘉诚“统一战线”。

为了说服李嘉诚，胡应湘找来了恒基兆业的李兆基、新世界的郑裕彤，甚至是亚洲赌王何鸿燊等港澳超级商业大鳄，旨在筹集150亿港元正式启动港珠澳大桥的建设。后来，随着胡应湘的积极斡旋，香港第二、第三、第四的富豪都站在了他这边，首富李嘉诚一时间缺少队友。这次争论引起了香港媒体的巨大关注，李嘉诚虽然内心反对，但是也不好明言，面对媒体，他仍然还是表示了淡淡的反对态度，他说：大桥建成确实是一件好事，但也要考虑货物的运输等问题。

经过了一年多激烈的讨论，最终政府在2003年确定建桥，2009年港珠澳大桥正式开建。

如果说2002年之前，在修桥问题上胡应湘只是“孤军作战”，但2002年之后，风云变幻，修桥已刻不容缓。香港各界商会联合支持胡应湘，使得主建派占据上风。

· 西人工岛

胡应湘曾说："法国到英国的海底隧道工程，从拿破仑时期就有了构想，一直拖了整整200年。我不相信从香港到珠海的跨海大桥也要等200年！"

2003年7月底，国家发改委论证报告完成，确定兴建港珠澳大桥。

自此，伶仃洋大桥已成往事。距离胡应湘提出跨海修桥的设想过去了整整20年。大桥是真的要修了，却早就不是当初的那个方案，也不只是珠港两地的事。

点亮希望

修建伶仃洋大桥为什么夭折，恐怕没有人说得清楚，个中原因可谓盘根错节，相当复杂。

但站在今天去回望，有一点是明确的：一座看上去只是连接两个城市的大桥，其利益的复杂程度是超乎想象的。

且不说别的，单从大桥的取名上各方就争得厉害：香港趋向于"粤港澳大桥"，珠海趋向于"珠港澳大桥"，澳门趋向于"港澳珠大桥"。这个"官司"打到北京，最终中央定下"港珠澳大桥"。

而1997年年底，澳门部分专家、学者及商界人士联合给国务院领导写信，对当时还叫伶仃洋大桥的方案提出意见，希望伶仃洋大桥考虑澳门因素。

梁广大在退休后接受媒体采访时直言，当初的设计方案没有选择澳门，主要是从投资与经济效益上考虑，因为澳门经济总量太小。

但是，2002年香港政府主动向中央政府提出修建大桥时，中央政府需要考虑的已经不仅仅是经济效益问题，地区利益平衡点也甚为关键。说到底，讲政治和讲大局是首位的。

而从伶仃洋大桥变成港珠澳大桥，最终方案也是一波三折。"单

Y”“双Y”方案争议——大桥要不要落脚深圳，直到今天大桥开通，依然被人拿出来争议一番。

最终，深圳虽然被排除在港珠澳大桥之外，但在“深中通道”上得到了“补偿”。

然而今时不同往日。四十载风雨起苍黄。改革开放以波澜壮阔之势，给中国带来了沧桑巨变，将多少曾经不敢想的梦想变为了现实。

21世纪以来，东海大桥、杭州湾跨海大桥、舟山连岛工程、胶州湾大桥、厦漳跨海大桥……一座座海上巨龙横空出世。

此时，香港、澳门已回归祖国，与内地的联系更加紧密。不但香港各界重提“大桥动议”，亟待实现经济适度多元发展的澳门也强烈要求加入“大桥家族”，升级版的港珠澳大桥构想应运而生。

条件具备，但难度仍然不小。据广东省发改委主任葛长伟介绍，港珠澳大桥不但技术复杂、施工难度高、工程规模庞大，而且涉及“一国两制”下三种法律体系、三套技术管理标准，统筹协调并非易事。

“如果没有中央和国家层面的直接支持与指导，大桥梦想无法变为现实。”他说。

在胡应湘的英文传记 *The Man Who Turned The Lights On: Gordon Wu*（《胡应湘：点亮希望的人》）一书中，他这样说道：

“任何发展的时机是不等人的，有没有这座桥，其意义和实际影响是完全不同的，不能只是在研究和规划中去考虑这座桥的作用。”

随着内地的快速发展，大桥议题最终得到中央政府的高度重视和支持。

对在“一国两制”框架下粤港澳首次共建重大跨海交通工程，中央政府高度重视。2003年8月，国务院正式批准粤港澳开展港珠澳大桥前期工作，并同意粤港澳三地成立“港珠澳大桥前期工作协调小组”，明确由香港方作为召集人，三方各派代表为成员。

按照工作方案，协调小组的职责是协调和全力推进港珠澳大桥建设的前期工作，包括有关经济效益、大桥走线、环保及水文等方面的研究。

30年的倡议、争论和等待终于画上一个句号。兜兜转转，港珠澳大桥终于不用再等待。

2004年4月，港珠澳大桥前期工作协调小组办公室成立。8月，协调小组举行首次会议，大桥经济效益、大桥走线、环保及水文等具体问题被提交讨论。从民间协商转入官方程序，港珠澳大桥正式进入实操阶段。

·东人工岛

此后，中央政府又决定由国家发改委牵头成立“港珠澳大桥专责小组”，协调各方，推动解决了口岸设置、投融资安排、通航与锚地、中华白海豚保护等方面的难题。

·西人工岛

2003年年底，刚刚成立的港珠澳大桥前期工作协

调小组办公室将港珠澳大桥工程可行性研究、总体方案和工程物理模型试验的任务交给了中交公路规划设计院。

中交公路规划设计院（后简称中交公规院）很快成立了港珠澳大桥项目组，副院长孟凡超担任副组长，负责组织开展港珠澳大桥工程可行性研究阶段的专题研究。在专题研究中，项目组对项目的落脚点、路线走向、通道形式、交通量预测、经济效益等进行研究和比选，并对关系项目可行性的水文、环保、航运、地质、地震、气象等19个专题进行研究。

由此，中国交建正式开始开展港珠澳大桥工程可行性研究报告的前期策划。"交融天下、建者无疆"，中国交建在重大工程领域的地位在其公司介绍中可见一斑：其全球最大的业务涉及港口、路桥、疏浚、集装箱起重机、海上石油钻井平台的设计和建设公司。

而林鸣，一位在工程建设领域深耕数十载的老帅，即将在港珠澳大桥建设的舞台上登场，并留下自己和团队浓墨重彩的一笔。

第二章 林帅出征

想象你自己对困难作出的反应，不是逃避或绕开它们，而是面对它们，同它们打交道，以一种进取的和明智的方式同它们奋斗。

——马克斯威尔·马尔兹

LINGDINGYANG SHANG DE TALANG ZHE

想象你自己对困难作出的反应，不是逃避或绕开它们，而是面对它们，同它们打交道，以一种进取的和明智的方式同它们奋斗。

——马克斯威尔·马尔兹

历史照向未来！

港珠澳大桥，已经不再是一个名字。

它是一个符号，是一座里程碑，是一种精神……

它的象征意义太多，因为它有太多的不一样。

在政治上，它深谋远虑。

·东人工岛日出（日出东方，波光粼粼。金色的霞光与划破天际的轰鸣，给人工岛增添不一样的生机）

港珠澳大桥是继深圳湾公路大桥之后连接内地与香港的第二座跨海大桥。

大桥开通后，车辆从香港西南部的香港口岸人工岛驶入，通过12公里的连接线穿越粤港分界线，在经过东人工岛过渡后，进入世界上最长的、双向六车道的海底沉管隧道。在水下40米深处穿越6.7公里之后，经西人工岛进入23公里长的大桥，到达珠澳口岸人工岛，然后由此分流到珠海或澳门。

此前，从香港到珠海、澳门，驱车需要3个多小时。港珠澳大桥建成后，只需约45分钟。大桥开通已成为港、澳两个特区政府发展经济、改善民生的着力点。

2016年3月，国务院印发了《关于深化泛珠三角区域合作的指导意见》，推动泛珠三角区域合作向更高层次、更深领域、更广范围发展。

· 西人工岛非通航孔桥

《意见》提出八项重点任务，其一即是促进区域经济合作发展，构建以粤港澳大湾区为龙头，以珠江—西江经济带为腹地，带动中南、西南地区发展，辐射东南亚、南亚的重要经济支撑带。

·深海沉管隧道（6.7公里的海底沉管隧道，彰显着中国沉管隧道跨越式发展的奇迹，展现着工程建设者不畏艰难、勇于开拓的风采）

港珠澳大桥就是粤港澳大湾区内城市互联互通的纽带。

在经济上，它意义非凡。

港珠澳大桥已经成为粤港澳大湾区的“靓丽彩带”。

粤港澳大湾区（英文名 Guangdong-Hong Kong-Macao Greater Bay Area，缩写 GBA）由香港、澳门两个特别行政区和广东省广州、深圳、珠海、佛山、惠州、东莞、中山、江门、肇庆九个珠江三角洲地区城市组成，总面积5.6万平方公里，2018年末总人口已达7000万人，是中国开放程度最高、经济活力最强的区域之一，在国家发展大局中具有重要战略地位。

推进粤港澳大湾区建设，是以习近平同志为核心的党中央作出的重大决策，是习近平总书记亲自谋划、亲自部署、亲自推动的国家战略，是新时代推动形成全面开放新格局的新举措，也是推动“一国两制”事业发展的新实践。推进建设粤港澳大湾区，有利于深化内地和港澳交流合作，对港澳参与国家发展战略、提升竞争力、保持长期繁荣稳定具有重要意义。

2017 年 7 月 1 日，习近平出席“《深化粤港澳合作　推进大湾区建设框架协议》签署仪式”。2019 年 2 月 18 日，中共中央、国务院印发《粤港澳大湾区发展规划纲要》。按照规划纲要，粤港澳大湾区不仅要建成充满活力的世界级城市群、国际科技创新中心、“一带一路”建设的重要支撑、内地与港澳深度合作示范区，还要打造成宜居宜业宜游的优质生活圈，成为高质量发展的典范，以香港、澳门、广州、深圳四大中心城市作为区域发展的核心引擎。粤港澳大湾区与美国纽约湾区、旧金山湾区、日本东京湾区并称为世界四大湾区。

·2012 年 4 月 29 日，港珠澳大桥海底隧道首节沉管投产

2018 年 11 月，《中共中央国务院关于建立更加有效的区域协调发展新机制的意见》明确指出，以香港、澳门、广州、深圳为中心引领粤港澳大湾区建设，带动珠江—西江经济带创新绿色发展。

2019 年 1 月 11 日，国务院港澳事务办公室主任张晓明表示，中央对粤港澳大湾区的战略定位有五个：一是充满活力的世界级城市群，二是具有全球影响力的国际科技创新中心，三是“一带一路”建设的重要支撑，四是内地与港澳深度合作示范区，五是宜居宜业宜游的优质生活圈。

2019 年 2 月 18 日，中共中央、国务院印发了《粤港澳大湾区发展规划纲要》，并发出通知，要求各地区各部门结合实际认真贯彻落实。

2019 年 12 月，由国务院参事室指导，国务院参事、国务院推进政府职能转变和“放管服”改革协调小组专家组成员王京生领衔的课题组发布了《“大众创业、万众创新”研究（2019）——粤港澳大湾区创新报告》。报告指出，粤港澳大湾区因“一国两制、三关税区”的独特性，使其在区域创新市场构建上具有两个重大意义：区域性创新市场的结构升级路径探索，以及国际创新市场一体化的区域性探索。

·2010 年 12 月 19 日，沉管预制厂开工建设

·2012 年 2 月 27 日，沉管预制厂开厂

在工程建设史上，它是一个传奇。港珠澳大桥是中国桥梁建筑史上技术最复杂、环保要求最高、建设标准最高的“超级工程”，在世界桥梁建设史上被誉为“皇冠上的明珠”。其中近 7 公里长的岛隧工程是港珠澳大桥的控制性工程，也是迄今为止世界上长度最长、埋入海底最深、单个沉管体量最大、设计使用寿命最长、隧道车道最多的海底沉管隧道工程。

简而言之，就是“难度极大、风险极高”。

时代发展，让港珠澳大桥应运而生。时代呼唤，承担“超级任务”的“超级英雄”踏上征程。

作为一名经过 40 年历练的大国工匠，林鸣感慨道：“是新时代让

我们攀上了世界桥梁建设巅峰。”“这个时代的中国工程师是幸福的。”

从《纽约时报》到亚美尼亚共和国电台，世界大大小小的媒体上到处是有关港珠澳大桥的图片、视频、示意图，它俨然成为代表中国工程实力的“超级网红”，“世界最长跨海大桥”“桥梁界的圣母峰”等各种评语纷纷出现。

“它就像一条巨龙，漂浮在海面之上，画出一个优雅的弧形，超出人类的想象力。这是中国繁荣的象征。”在报道港珠澳大桥开通时，德国《世界报》的文章更像一段散文诗。与之相比，《新西兰先驱报》则言简意赅：“中国壮举。”

“世界最长的跨海大桥（2018年10月）24日将正式通车运营。内地从未如此之近，就在十几年前这座55公里长的大桥还不过是一个遥远的概念，今天它已变成穿越珠江三角洲的一个工程奇迹。”香港《南华早报》颇为动情地报道称，港珠澳大桥是第一次由两个特别行政区以及内地城市联合建造，是中央支持下“一国两制”框架内的合作范例。

英国《金融时报》则写道，这座大桥是中国领导人一项更宏大的战略“大湾区”的一部分。这一战略的目的是促进香港、澳门特别行政区与邻近的广东省的融合。报道称，北京希望港珠澳大桥以及一条连接香港、耗资110亿美元的新高铁线等大型基础设施项目，能够在这个长期以来一直是中国最具活力的经济引擎的土地上刺激新一轮经济的增长。

香港《橙新闻》发文称，世界各大湾区都有重要的桥梁连通各市，美国旧金山湾区的金门大桥、旧金山—奥克兰海湾大桥，以及东京湾区的濑户大桥和京门大桥等世界地标性桥梁，已成为湾区经济的“大动脉”。港珠澳大桥正是实现大湾区一体化的重要基础设施，不但可以大大提升湾区的交通运输效率，且将彻底改变大湾区、珠三角的交通结构、社会结构和经济结构，大大促进三地的人流货流，间接产生的经济收益将远远超过工程投入。

香港报章《香港仔》畅想“一小时生活圈”：港珠澳大桥通车让香港人在相当程度上改变了工作和生活方式，穿梭粤港澳、来往大湾区，充分享受这个占地近6万平方公里、面积相当于50多个香港的辽阔空间所带来的舒适和便捷。大家可以一早经港珠澳大桥到珠海饮茶，接着坐动车到广州吃午饭，晚上又可以坐高铁回到香港。多家国际媒体都提到，港珠澳大桥开通后，从香港国际机场到珠海陆路交通时间由4小时缩短为45分钟。

港珠澳大桥还是中国建筑技术创新的一个最新例证。从古至今，创新精神一直是中华民族鲜明的禀赋，也是中国持续发展的强大动力。改

·2012年8月7日，首节沉管节段E2-S5混凝土浇筑完成

革开放40年来，特别是最近5年，在创新驱动发展战略和建设创新型国家目标的引领下，中国把满足人民对美好生活的向往作为科技创新的落脚点，走出了一条具有中国特色的自主创新道路。2017年，中国科技进步对经济增长的贡献率达到57.5%，接近2020年达到60%的目标；发明专利申请量138.2万件，连续7年居世界首位；2018年中国首次进入世界知识产权组织的全球创新指数前20名……世界经济论坛创始人兼执行主席、中国改革开放的见证人之一克劳斯·施瓦布评价说："中国已经走在了打造创新型社会的良好发展轨道上。"

不解之缘

林鸣，男，汉族，江苏兴化人，1957年10月出生，1981年5月入党。

2003年，中国开始港珠澳大桥的前期研究工作。那年，林鸣46岁。

2005年，中国路桥集团与中国港湾集团合并，原为中国路桥集团总工程师的林鸣成为合并后的中国交通建设集团公司的总工程师。上任后不久，他就开始着手研究港珠澳大桥工程。

"当时该怎么干，其实并不清楚。"林鸣坦言，那时就是客户要求中交做设计和施工指南，但是还没人清楚施工标准该是什么样的。

虽然尚不知从何着手，但是一听说可以参与港珠澳大桥建设，林鸣依然像雄鹰发现了猎物一样兴奋不已，跃跃欲试。"这就是实现人生梦的一个工程，一个大工程，值得期待、值得投入。"回忆起当时的心情，他这

·2016年6月15日，首批曲线段沉管（E32、E33）一次舾装完成

· 2016 年 10 月 7 日，E33 沉管浮运至安装海域准备与东人工岛对接

样说。

但林鸣没有想到，这个工程一投入就是 13 年。2005 年林鸣 48 岁，到 2018 年港珠澳大桥正式贯通，他已经年逾六旬，建设大桥花去整整 13 年。

照片是见证光阴流逝的最好佐证。在林鸣的办公室里，有他 2007 年拍摄的照片。那时工程的“折磨”还未真正开始，照片中的他面色红润、头发乌黑，典型中国中年人的样子，面庞微圆，微微发福。仅仅过去 5 年，他的头发已经大半灰白，面庞也十分瘦削。唯一相同的是那双眼睛，依然炯炯有神，透出无穷的干劲和活力。

冥冥之中，港珠澳大桥似乎在等待着林鸣。

近 40 年的职业生涯里，林鸣走遍了大江南北，建起了众多桥梁。但对他来说，珠海有着不一般的意义：林鸣主持修建的第一座桥梁，就是横跨西江的珠海大桥。

·2014年5月2日，首节沉管浮运安装

1981年，林鸣大学毕业，分配到交通部第二航务工程局（二航局）。20世纪80年代中后期，国内港航工程建设疲软，地处内陆的二航局举步维艰。时任交通部副部长的黄镇东指出，交通施工企业必须在大型桥梁建设领域有所建树，才能在今后快速发展的交通基础设施建设中站稳脚跟。之后不久，真正意义上的由交通人自己承建的第一座跨江公路桥——湖北黄石大桥动工兴建，第一、二公路工程局及二航局都参与了此桥的建设。而当时的林鸣作为“第三梯队”的后备干部，在局组织部担任副部长，与黄石大桥建设擦肩而过，这成为他心中一大遗憾。

20世纪90年代初，内河水工市场严重枯萎，二航局被逼走投无路，只有弃水登陆。二航局以工程分包商的身份来到改革开放的前沿——珠海经济特区，参与珠海大桥的建设。

林鸣清楚地记得自己第一次来到特区的经历：他和一位同事在广

州上了个体户的车，被“转卖”了多次……最终被扔在了拱北口岸。一打听，离自己要去的磨刀门码头还有很远的距离，他们在路边小店只吃了一盘豆腐和一盘青菜，就花了十几元钱！最后好不容易听懂了当地人的讲解，分乘两辆摩托车到达了目的地。

在林鸣的职业生涯里，珠海大桥是他担任项目经理所负责的第一个工程。初负全责，林鸣说：“当时那个紧张啊！”为了完成现在看来完全是“小儿科”的水下2.2米桩基，局长领着全局10位教授级高工到现场开了三四次会议研究……在一边摸索一边学习中，林鸣带领团队完成了这座珠海人民至今仍引以为傲的、连接珠海西部的重要控制性通道，创造了他人生中的第一个辉煌。

林鸣与珠海的缘分不止于此。

珠海大桥首战告捷，让二航局在珠海迅速赢得了声誉。1992年年底，珠海淇澳大桥设计施工总承包招标时，在政府有关方面的支持下，二航

·2017年3月5日，最后一节沉管（E30）浮运安装

局变成了总承包联合体牵头人，并一举中标。林鸣被任命为项目总经理，接手淇澳大桥的兴建。

有意思的是，20余年后，在负责港珠澳大桥建设的过程中，每天林鸣晨跑之时，都会经过淇澳大桥。从淇澳大桥往海面望过去，就是那一弯在伶仃洋上划出优美弧线的港珠澳大桥。

当年，淇澳岛被规划为伶仃洋大桥的起点。这座跨海大桥，一头是珠海，一头是香港。为此，珠海方面先行一步修建了连接市区和淇澳岛的淇澳大桥。后来，伶仃洋大桥改线，最终演变成了现在的港珠澳大桥。

·2017年2月24日，最终接头GINA止水带安装

·2017年4月2日，最终接头试吊演练

·2017年5月2日，最终接头沉放入水对接

·2017年5月2日，最终接头安装起吊

“现在看起来，3 公里长的桥太小了，可在当时也算是一个大工程。而且是我第一次主持修桥，我不是学桥梁专业的，对我来说是桥梁建设的一次学习和实践。”林鸣说。

只是，他没想到，淇澳大桥成了自己造桥生涯中的第一次“滑铁卢”。

“当时我的角色发生了很大的转变，从一个工程师转变为要统筹全局的项目总经理。”角色的转化，再加上当时对跨海大桥施工缺乏经验，以及技术装备落后、资金短缺等外部因素的影响，淇澳大桥工程进展得非常不顺利，最终短短 3 公里的工程持续了 8 年的时间才完工。

作为这个项目的第一任总经理，准备不充分、没有开好头，让林鸣每次回想起来都深感内疚。

然而，跌倒并不可怕。跌倒了，吸取教训重新出发才是关键。所谓吃一堑、长一智，是经验的总结，是智慧的积累，是跌倒后爬起来的人对过去和未来的思考。

林鸣说，打击很大，“所以我常常说要学习，尤其是从失败的教训中反思。”

在这个过程中，时任二航局局长的肖志学与他有过一次谈话。“当时领导跟我说‘在战场上是胜负论英雄，干工程是以成败论英雄’，这话也是我现在经常跟年轻人说的。”林鸣说。

经淇澳大桥一役，肖志学不仅没有对林鸣失去信任，在之后的工程中，肖志学再次给了林鸣机会。

林鸣没有辜负肖志学的期望。20 余年后，他来到了让世界震惊的港珠澳大桥建设现场。每天，他在淇澳大桥上奔跑，似乎在一步步中追忆自己与大桥、与港珠澳的不解之缘。

一张小板凳

20世纪90年代中后期,民营资本开始频频进入交通基础设施建设。被称为首例民营资本BOT项目的泉州刺桐大桥开工兴建,林鸣担任施工方领导小组组长,指导二航局四公司承建。

仅用了16个月,就完成了大桥主体施工项目,让二航局上下对这位年轻的项目经理刮目相看。

之后,他更是在担任武汉三桥项目经理期间展露才华。那是他第一次在跨越长江的大型桥梁工程里担任负责人。此前错过黄石大桥,让他一直觉得没能在长江上建桥是很大的遗憾,武汉三桥的出现总算弥补了这个遗憾。

面对武汉三桥跨度达600米的斜拉桥项目,林鸣认认真真,谨小慎微。在遇到了技术难题时,他鼓励自己的团队:"我们要以此为起点,走到长江下游去,拓展更大的市场,承揽更大的工程!"

他带着团队骨干驱车东进江苏考察学习。车过江苏界时,他感到车子立马变得平稳、舒适,这对林鸣的触动很大:为什么人家的路面、桥头不跳车?人家的施工理念先进在哪里?

参观江阴大桥,林鸣带着大家从观察模板开始,一直看到桥面现浇防护墙,他仔细地问,认真地学。在江苏的学习直接影响到后来他在润扬大桥的工程实践。也就是在润扬大桥北塔施工过程中,林鸣和他的团队真正成熟了起来。

润扬大桥是真正考验和成就他的大桥。林鸣说,前面的桥是"大学预备",而润扬大桥则是"真正的大学"。在这里,林鸣初试锋芒,并和一张小板凳一起出了名。

2000年,当时的中国第一大跨径悬索桥——润扬大桥开工建设,林

·港珠澳大桥沉管隧道（劈波斩浪，踏浪架桥。6.7公里海底隧道穿过45米海底，连接三地通途，托起湾区梦想）

鸣担任项目经理。润扬大桥南汊悬索桥北锚碇有“神州第一锚”之称，其基坑深度有50多米；而基坑之外，湍急的江水就在头顶奔涌而过。如果阻隔大江和工地的土堤有丝毫问题，江水将从天而降，几秒钟就会将基坑灌满，所以工人们都不敢到坑底施工。

这时，林鸣作出了一个令人惊讶的决定，他将一张小板凳搬进基坑最深处，一屁股坐下去，把手一挥：“坑底安全是经过专家反复论证过的，我来陪着你们。”

后来担任港珠澳大桥岛隧工程副总经理、设计总负责人的刘晓东说，林总敢下到基坑底，坐在小马扎上为工人们树立信心，是因为他在工程建设中积累了风险意识，从找问题入手对基坑存在的风险展开深入研究，因此也就有了十足的信心。

·港珠澳大桥沉管隧道（优雅的弧度，完美的造型，世界首例“工厂法”曲线段沉管预制的结晶）

当时没人想到，“从找问题入手”“先查风险”的做法，将在极具挑战性的港珠澳大桥项目中发挥关键作用。

不仅是深基坑，润扬大桥北塔施工也给林鸣和团队带来了不小的考验。回想起高达 160 米的主塔爬模施工，林鸣说，当时最头疼的是找不到高空作业的工人。因为北方的水工施工人员很少在这样的高空作业，不要说干活，就是站上去头都晕。

他们主动向德国人请教，创新性地采用液压模板获得了成功。时任交通部部长的黄镇东得知后，高兴地说，这标志着中国的桥梁建造技术上了新的台阶。

“现在想来，润扬大桥就是一所大学，我们都是它的学生，它为我们国家培养了桥梁建设工程的一代人。”林鸣感叹，后来这些人参与了苏通桥、南京三桥等很多中国桥梁建设，成为中国桥梁建设的骨干。

后来，润扬大桥如期通车，林鸣收获了一个外号——“定海神针”。

建设初始

从设计建造来看，港珠澳大桥是当今中国乃至世界规模最大、标准最高、最具有挑战性的集桥、岛、隧一体化的交通集群工程项目。

之前的项目大多是单一性的，修桥就是修桥，填海造地就是填海造地，隧道就是穿过桥梁或者河流。而港珠澳大桥是集桥梁、隧道和填海造地工程于一体的世界级交通集群项目。桥隧结合是港珠澳大桥的最大特点，同时也是工程技术难度最大的地方。

这里面，海底隧道更是难中之难。该怎么建隧道是建设前期最受关注的部分。

港珠澳大桥前期工作是在香港特区政府主导下进行的。2005 年，项目业主前期办公室，从香港有关方面获得了 30 万元项目前期研究资金，委托中交集团开展港珠澳大桥施工指南的研究。

中交集团为了推动港珠澳大桥这一国家重大项目的建设，历时 5 年，动员了设计、施工、科研、装备全产业链，投入了桥梁、海工各相关专业，动用了境内境外全部资源。

在前期方案论证过程中，国外专家更倾向于建设盾构隧道的方案。因为建设盾构隧道可以直接使用海瑞克盾构机，比较有把握。他们认为在中国当时的条件下，采用沉管方案，建设风险太大，不可接受。

在业主第一次提出实施沉管方案倾向意见时，丹麦专家直言不讳，当即提了两个问题。“节段式沉管无法实施外包防水，对于将近 50 米水深的沉管，中国有能力保证防水和耐久性吗？在横流条件下开挖 40 米的深槽，你们对边坡稳定和回淤控制有成功的经验和把握吗？”

选择盾构方案，人工岛的长度要增加一倍，达到1.3公里，珠江口的水环境难以承受；选择沉管隧道方案，中国技术基础差，工程风险极大。对中交而言，选择沉管就是选择风险，但也是选择了更大的机遇。因此，中交从珠江口环境要求、从国家进步需要、从有利国家交通工程建设技术的发展全面考虑，作出了最后的决策。这个决策就是全力支持业主推进实施沉管隧道方案。

林鸣说，当时搞隧道先定了，但是是盾构还是沉管无定论，人工岛采取什么形状、搁什么位置、桥采取什么样的走形都没有定论，都是后面一步步研究、最后一点点确定的。

2006年，各方都开始意识到应该选择沉管。林鸣说，综合看来，港珠澳大桥建在珠江口，又连接珠江口三个具有代表性的城市。这三个城市因其本身所处的地域环境对环保要求极高。为了保护水环境，大桥建设必须将珠江口的阻水比控制在10%左右。

“港珠澳大桥是桥、岛、隧一体化的项目。两个人工岛有较大的阻水

·夕阳下的港珠澳大桥闪耀伶仃洋

作用，要是选择盾构施工，人工岛的长度将大幅增加，无法满足阻水比的要求。选用沉管隧道，可以使人工岛的尺度做到最小，比盾构隧道小了将近一半，最大限度减少了对水环境的干扰。”林鸣说。

对于他来说，这也是一个全新摸索的过程。从最初的兴奋，到迷茫不了解，再一点一点地慢慢探索，慢慢知道怎么做，他却说越往下走越变得没底了，好像不见底的东西越来越多，压力越来越大。好多问题，需要一一去求证，却很难找到确定的办法，跟以往所有的工程感觉都不一样。

2008 年，技术人员从风险、资源、造价、环保等各个方面反复整合比较，最终通过比选论证，确定了沉管法施工。

“大桥工程中标结束后，我作为岛隧工程总负责人再一次来到这片海洋，那天乘快艇到达海洋中未来大桥两个人工岛地理位置的海面时，我心头有种空荡荡的感受……”林鸣说。“之前都是画图，可以纸上谈兵，之后就是要变成现实，可不是 A 变成 B，再变成 C。工程师们都知道，工程设计与实际施工之间常常有着天壤之别，而大工程的设计与实际施工间的差异性，则有可能是颠覆性的。”

林鸣是工程的现场总指挥、总工程师，他的胆识、判断，他的现场组织与发挥，有时候是决定工程成败的关键。而在港珠澳大桥建设中，林鸣和团队面临的每一个施工关卡，几乎都是未知数……

“面对大海，我们的未知数就更大了，”林鸣说，“我之所以当时面对大海心中感到特别空荡，就是因为施工技术与大海环境这双重的未知、叠加的未知会让人产生恐惧感。但我又不能因为这么多的未知诱发的恐惧感，去影响自己和团队的信心与情绪。这是需要特别的毅力和意志的，是一名优秀工程师的心力铸造过程。它最后达到的境界一定是：

·港珠澳大桥岛隧总工程总结表彰大会建设者合影（坚守七年，奉献七年）

工程有多大，这名工程师的担当和胸怀就有多大。”

但在内心里，林鸣又充满了信心。2010 年 12 月，他正式成为港珠澳大桥岛隧工程项目负责人。他说：“第一次尝试做这种外海大规模的隧道，虽然没有经验，但是从能力上、从储备上，我们都有信心能够把这个项目建设好。”

他后来说，他最大的底气来自于中国快速发展积累的国力，全球工程建设技术的进步和中交强大完备的产业链支持。他说，这将是一场数千人的伟大战斗。

第三章　海中成岛

在科学上没有平坦的大道，只有不畏劳苦沿着陡峭山路攀登的人，才有希望达到光辉的顶点。

——卡尔·马克思

LINGDINGYANG SHANG DE TALANG ZHE

在科学上没有平坦的大道，只有不畏劳苦沿着陡峭山路攀登的人，才有希望达到光辉的顶点。

——卡尔·马克思

伶仃洋上，云水激荡。

两座人工岛，犹如覆在海面上的两个巨大的贝壳一东一西遥相守望。

2019年4月，港珠澳大桥管理局为大桥东人工岛旅游及配套设施开发总体策划及概念设计，启动全球公开招标，包括港澳台地区在内的境外投标单位都可以参与，以期引入全球领先的旅游开发理念，塑造大桥世界级的品牌。

按照设计，港珠澳大桥有东、西两座人工岛，西人工岛主要承担了管理的功能，东人工岛则预留了旅游观光功能。

看到气势恢宏的港珠澳大桥，不少人会有疑问，为什么不是直接建桥梁贯通，而要在茫茫大海上建两个人工岛呢？

不仅如此，尽管近年来我国填海造陆的能力不断提升，但传统的造岛方式都是在已有礁岩的基础上填海造岛进行，而港珠澳人工岛毫无根基，需要在十多米的深海之中凭空筑造，这在国内尚无先例。再加上深海之中洋流汹涌，海面之上风浪袭人，施工环境极为恶劣，中国建设者又

·林鸣与王汝凯

是怎样攻克这一系列难题，最终在浩渺烟波中建成这两个人工岛的呢？

更何况，两个人工岛各有10万平方米之巨，而凭空造岛的时间仅仅只有短短的7个月！在林鸣眼中，人工岛是港珠澳岛隧工程跨出的第一步。这一步，走得很艰难，但也很完美。

“前有围堵，后有追兵”

任何大型工程都会受到诸多建设条件的限制，就像在钢丝上跳舞，或者是走平衡木，需要左顾右盼。港珠澳大桥也不例外。可以说，它面对的限制条件实在是太多太多。

为什么要建人工岛？我们先看看港珠澳大桥为什么要选择岛隧作为主体结构。

2003年年底，中交公规院接到任务：港珠澳大桥前期工作协调小组办公室将港珠澳大桥工程可行性研究、总体方案和工程物理模型试验的任务交给了他们。

这项重任之中，有一个重要的目标就是确定港珠澳大桥的位置以及建什么样的桥，是全部隧道、全部桥梁，还是岛隧结合？

彼时，中交公规院已经是国内最为知名的设计院之一。杭州湾大桥、青岛海湾大桥、舟山金塘大桥、深圳湾公路大桥、苏通大桥……这一系列特大桥梁都出自公规院之手。

然而，地理环境更为复杂的伶仃洋给了设计者们更多的考验。

据林鸣回忆，三种方案中，全部隧道的方案被大家直接否决。一是因为隧道的造价过高，是桥梁的两三倍，而且在深海之中，全部建设隧道的话，风险也太大。

接下来是造价较低的全部桥梁方案。然而，这个方案最终也被舍弃，因为港珠澳大桥的地理位置太特殊，需要考虑的因素很多。

· 钢圆筒启运

· 钢圆筒振沉

在地图上可以看到，港珠澳大桥位于珠江口外的伶仃洋洋面上。周边有香港、深圳和广州等多个港口，每天有4000多艘船只穿梭往来，异常繁忙。伶仃洋周边虽有众多航道，但是伶仃洋西部的航道水浅，只有靠近香港的大屿海峡的深水航道才适合大型货运船只通过，因此对桥梁的高度有要求，不能太低。

最初，中交公规院在调研时，广东就提出了珠江航道要预留30万吨级油轮和15万吨级集装箱货轮的通航能力，并且同时满足高70多米的石油钻井平台能够运输通过。

按照这个要求，大桥桥面最少要建80米高，而桥塔的高度将超过200米，这对大桥的安全性来说是致命的。

除了不能太低之外，另一方面则是不能太高，正所谓"前有围堵，后有追兵"，进退皆难。

香港国际机场位于大屿山北面，跑道是东西方向，南部又有高山阻挡，所以大屿山西侧的伶仃洋上有香港国际机场航班的飞行航道。为了确保飞行安全，对附近的建筑物高度有限制，整个区域的高度不能超过120米。同样，澳门机场的航空高度也不能超过120米。

太低轮船无法通过，太高飞机无法起降。该怎么办？

中国工程师们绞尽脑汁，给出了一个很有想象力的方案：先修一段海底隧道，既解决了海面船舶通航问题，又解决了上空飞机飞行的问题。

然后隧道连接大桥，解决造价太高的问题，这不就两头兼顾了吗？

桥隧结合方案成了唯一的选择。

不过，这样一来就出现了新的问题，隧道和大桥落差70多米，用什么对接呢？最好能有一个小岛，作为隧道和大桥的“连接站”，把隧道和大桥连起来。

可是，附近的海域上，哪有什么现成的岛屿？

林鸣说，最后大家决定既然没有天然的岛，那我们就自己造两个人工岛吧！

一张图激发的梦想

说建就建，然而怎么建，什么技术最合适？

一直以来，海中筑岛多采用抛石填海、围堤筑岛的方式。不过，港珠澳大桥很“傲娇”，这种方式没法用。

为什么？

因为淤泥，因为工期。

修筑人工岛的地方地质特殊，有一层厚15米到20米的淤泥，像水豆腐一样软。在淤泥上做抛石斜坡或常规重力式沉箱，极易造成抛石或重力沉箱打滑而致地基不稳，要采用这种方法就需要把淤泥全部清除掉，或者用排水固结的方法使淤泥变干，然后再抛石或沉箱坐稳。

如果采用传统的抛石填海方式，就必须把海底的淤泥挖走。淤泥有多少呢？不算不知道，一算吓一跳。海底的淤泥足足有800万立方米，相当于三座164米高的胡夫金字塔！这样大的挖掘量，3年都未必能完成，更何况要在繁忙的伶仃洋航道水域施工，航道通行安全会受到很大影响。加上这片水域正好是中华白海豚的家园，一旦开挖，对它们生存环境难免造成污染。

·快速成岛创新技术（副格打设）

不仅如此，传统的成岛技术就是用混凝土或者石头围一圈挡住海水，这种方式无法满足止水的要求。普通工程漏点水影响不大，而港珠澳大桥可绝不普通，99.99% 的保证率都不行，只要发生 0.01% 的漏水，将带来不可想象的灾难。

关键的是，筑岛施工处于工程建设的关键线路上，只有先筑岛，才能建隧道。无论是采用抛石斜坡还是常规重力式沉箱方案，筑岛时间最少都需要 3 年，远远不能满足 7 年完成港珠澳大桥建设总工期的要求。

传统的方案行不通，林鸣又一次想到几年间一直萦绕他心头的方案：大型钢圆筒快速成岛法。它，可行吗？

这样的思考始于 2007 年。

那一年，在一次技术交流会期间，一张图让林鸣“突发奇想”。

灵感来源于东京湾横断工程。因为工作关系，林鸣经常到日本去考察研究工程的工艺工法。在去日本一家博物馆的时候，林鸣看到一张东京湾横断公路的图。“那是一张建设中的图，里面有一个离岸人工岛用的就是圆筒。当时我就想，将来我有机会建一个这样的岛就完美了。”

这里就说一说什么是“大型钢圆筒快速成岛”。简单来说，它就是指以大型钢圆筒围岛形成临时止水结构，岛内填入砂料并加固地基，进行隧道结合部施工，再在钢圆筒外抛石，修建混凝土岛壁，最后形成永久的岛壁结构。

由于插入式圆筒结构对深厚软土地基环境有很好的适应性，因此在世界上一直很受关注。

去过日本大阪的游客可能会注意到，大阪的关西机场其实位于海上。机场 1994 年投入使用，被称为大型圆筒结构进入水工结构领域的标志性工程。

受到东京湾横断公路工程的启发，林鸣“脑洞大开”，他觉得人工岛不一定要方方正正的像东京湾的一样，而是画了一幅手稿，图纸上的

· 东人工岛主体建筑施工

人工岛很梦幻，像个星球一样。

位于广州的中交四航院院长朱利翔对珠江口的情况十分熟悉。他说，林鸣的“脑洞”也给负责大圆筒设计的他们打开了思路，让他们不再局限于当时的一些理念，而是放心大胆地去想。“林总的观点是一定要有创新，而且一定要有突破。按他说的就是要想怎么样对得起这个世纪工程，你做的事要有技术含量，要拿得出手。”

这时候，林鸣还缺一个搭档：国家工程勘察设计大师王汝凯。他曾主持过国家大型集装箱码头、LPG/LNG 码头、铁路轮流码头等港口项目的设计以及港口、河口泥沙淤积规律与整治研究，在许多新技术引进和推广方面卓有成就，其中只有过一次不成功的大圆筒案例。他被岛隧工程人亲切地称作“王大师”。

2009 年 10 月，林鸣给王汝凯打了电话，请他来北京讨论一下大圆筒的方案。月底的一天，王汝凯来到林鸣的办公室。林鸣一见面就说：王大师，搞大圆筒吗？这一说，把王汝凯搞大圆筒的心思勾了起来。

初次见面的情景，王汝凯还记得清清楚楚。他有个记日志的习惯，光和大圆筒有关的日志就有六七本，哪天在哪儿干什么，一翻日志就能知道。“10 月底我第一次见到林总。他强调说，一是不能走老路，按照传统设计工期无法满足；二是人工岛不仅是隧道和桥的连接，在施工期间所有人员设备都在里面，是生命线工程，必须保证止水，确保安全。”

当时，王汝凯还不知道，林鸣对大圆筒的技术已经有相当了解。为了激起王汝凯的“兴趣”，林鸣“不动声色”地用了激将法。

“王大师，给你 3 个月时间，不用证明大圆筒行，就证明大圆筒怎么不可行，如何？”

·装修完成后的东人工岛展厅

王汝凯当时心想，自己一直主张采用大圆筒方案，林鸣很清楚，为什么要让自己证明不行呢？

疑惑归疑惑，王汝凯回去就组织了一个团队来否定大圆筒。后来他才知道，自林鸣2007年提出“大型钢圆筒围岛”的快速筑岛方案后，有一年半的时间没收到任何回应，既没有声音赞成，也没有声音反对。唯一的问句就是：“大圆筒行不行？”很多人认为国内做大圆筒这个东西没有任何条件，没有任何标准，没有任何基础，也没有装备，没有先例，似乎这一步跨得大了一点。

到底行不行？林鸣需要验证。他必须知道，这样的方案有没有风险？有多大风险？风险是否可控？作为岛隧工程总负责人，他深知风险意识对一项工程的成败有多重要。

· 西人工岛主体建筑办公区

对所有的未知都要通过实验来进行论证，搞清楚以后再做，是林鸣多年形成的工作思维。回想当年在润扬大桥施工，敢搬个小板凳在基坑里坐着，就是来自于他在辨识清楚风险之后产生的自信。整个岛隧工程施工期间，林鸣一直坚持风险意识、问题意识，宁可把问题想严重点，也不会放过一个疑点，一切从找问题入手。

王汝凯的团队开始了“否定之路”，一共组织了 8 个攻关课题研究，包括钢圆筒的稳定计算理论、钢圆筒筒体结构设计、振沉技术及振沉工艺、止水方案等，反复试验、反复论证。当时搞大圆筒方案有很多人不了解也不放心，王汝凯就秘密搞，有了什么研究成果不往外传，单独给林鸣汇报。

三个月的“地下工作”结束，王汝凯找到林鸣报告：否定不了。结论是大圆筒快速成岛施工方法是成立的。

林鸣笑了，否定不了，说明方案具有生命力。他那从东京湾升腾的梦想画卷即将徐徐展开。

海上“A380”

按照设计团队提出的想法，大圆筒快速成岛需要把直径22米的钢圆筒逐个振沉到海床里，达到设计标高后再一个个纵向串接起来成整体。圆筒经振动下沉并连接成排且圈合以后，筒和筒之间两米的间距再从内外侧用钢板连接起来，形成稳定安全的岛壁结构，从而把外侧流动的水隔绝开来变成坑内静止不动的水，然后再进行岛内地基的填筑和加固。

这样做的好处是在围护结构里边不需要再打桩，也不需要加打横向支撑，圆筒是自立式的，自己稳得住；施工机械在它里边可以顺利地挖土、土方填筑和加固。中国科学院院士孙钧评价说，这是一个完全原创性的技术革新。

然而，方案初定，难题又至。

王汝凯说，有三个问题。林鸣摆出“兵来将挡”的架势，很干脆地说好，那就研究怎么解决这三个问题。

简而言之，三个问题就是装备的问题、计算的问题、结构的问题。

一是锤。大型钢圆筒绝对是“巨无霸”。筑岛用的钢圆筒直径为22米，截面面积相当于一个篮球场；高度为50多米，差不多是18层楼高；单体重约550吨，体量类似于一架A380空中客车。怎么把这样大的家伙打到泥下二十多米深的海床里？用什么样的振沉锤才能达到设计振沉的要求？这样的东西在哪儿制造？

二是设计，计算方式方法没有任何依据可参照。

把这样一组庞然大物，制作、运输并“敲打”到设计位置，任何一个环节对中国工程师来说都是“史无前例”的。

三是用多大的力才能把钢圆筒振沉、打下去，当时谁也不知道。

攻关小组旋即成立，分析难点，梳理问题。

这一去又是七八个月。

对方案有了底的林鸣来到交通部，找到分管总工程师徐光汇报，徐光最后点头："应该可行。"

林鸣很高兴，他立即启动了论证工作。

林鸣向港珠澳大桥前期工作协调小组珠海指挥部总工程师苏权科介绍了大型钢圆筒快速成岛的想法，苏权科连连说"想法好，想法好"。这更坚定了林鸣的信心。

后来林鸣才知道，对于大圆筒，最初许多人心存顾虑是因为中国在大圆筒试验上栽过跟头。

2002 年，中国在长江口做过一次振沉式大圆筒的试验性施工。圆筒直径 12 米，混凝土结构。圆筒是振沉了，但是由于水流和地质等多

· 东人工岛清水混凝土挡浪墙

方面原因，最终还是倒掉了。一年多之后在广州南沙虎门大桥下游的一个护岸项目，也采用了振沉式钢圆筒方式，圆筒直径 13.5 米，沉的时候倒是顺利，但后来也出现了一些问题，筒与筒之间有漏水漏沙现象，筒也出现了变形。

2011 年，港珠澳大桥岛隧工程展开全球招标。

中国交建拿出了钢圆筒快速成岛的方案。当时参加招标的日本企业提出的是相对传统的钢板桩方案，对毫无经验却提出大型钢圆筒的中国方案他们很是震惊甚至质疑。按照日本的方案，是将一条条 0.5 米宽的钢板插入底再拼接起来。但这样一来，22 米宽的地方就要打 140 多次，会产生 100 多个接口，不仅工艺流程十分复杂，止水也存在更多不确定因素。

香港的同行也表示了担忧。此前香港建造人工岛都是先把软土全部挖掉再回填，他们并没有尝试过钢圆筒，更倾向于日本的方案。

对于日本的方案，林鸣没有简单否定，而是在青岛做了试验。试验发现，钢板方案难以稳定基础，荷载一上去，下面石头就跑，沉降不可控制，如果有地震将更不可控。

三个月的“否定”再加上大半年的论证，林鸣对推进钢圆筒快速成岛的技术方案十分坚定，而且从工期、造价、航路保障和生态环保等各方面要求来讲，除了钢圆筒快速成岛之外也没有更好的选择。

这其中还有一个小插曲。

招标那天，林鸣亲自送标书到广州。他没有告诉任何人去机场接机，走出机场他招手叫到一辆出租车。坐上车后，他无意间看到这个出租车司机的名字：张无成。

“张无成？”不对吧，怎么坐辆车都叫“无成”？较真的林鸣心里犯

了嘀咕。

他感到有点不对劲，心里一下就想到了标书，赶紧把电话打到公司："赶快看看，标书的封面有没有问题？"

冥冥之中，仿佛天意护佑。公司的人一看还真是标书封面错了。当时标书修改来修改去，封面用错了版本。按照规则，此次招标完全是暗标，标书的任何瑕疵都会被视为废标。

中标之后，林鸣笑言："无成无成，不是一事无成，原来是无事不成。"

超大直径钢圆筒、液压振动锤联动最终成为筑岛方案，这是中国首次采用钢圆筒筑岛，成为港珠澳大桥建设的一项创举。

林鸣对手下说，这个方案有底，没有问题，开干吧。

振华来了

说起来，钢圆筒制作原理很简单，把钢板处理成弧形，然后焊接成筒，就好像做木桶一样，再把一节节短筒焊接成长筒。

不过，港珠澳大桥的钢圆筒可没有这么简单。

18 层楼高，五六百吨重，这么庞大的体量，任何一个卷板机和模具都难以完成。不得已，制造者不得不采用模块组装的办法，将钢筒分成 72 个模块，一组一组地拼装。

不过，这种做法也会带来一个问题，由于钢桶的误差要求被限制在 3 厘米以内，而每一次拼接都会有一定的误差，加上拼接的模块数量达 72 个，以及钢桶高达 55 米的巨大体积，非常不利于加工和制造，在多次拼接后有可能无法将误差控制在 3 厘米以内……

谁有这样的制造能力？林鸣带着团队把珠江口和长江口都跑了一遍。要当年开工当年成岛，要的就是速度。影响成岛速度很重要的一个

· 竣工后的东西人工岛

问题就是能不能一个月造出 20 个以上的大圆筒。

最终，林鸣把制造车间选在了长江口，距离施工现场约 1600 多公里之外的上海长兴岛上，而不是在港珠澳大桥所在的珠江口。

对于这一点，很多人当时很有意见，觉得大圆筒应该拿到南方或者珠江口边来拼装。因为钢圆筒运输要跨越三个海区，长途海运对超高超大的钢圆筒是致命伤，因为要面临台风频发、航行视线、现场定位……加上日本人说三道四，力劝放弃钢圆筒方案，这让许多人在心里打起了退堂鼓。

正当大家七嘴八舌之时，林鸣又一次力排众议，一锤定音："我相信这个事振华重工能做！"

大家惊奇的目光像聚光灯一样投向他。林鸣语速不快，但声音却十分有力。

“为什么？”许多人问。

“振华在上海。大圆筒做好以后一个就五六百吨重，50多米高，振华有这个制造实力，它还有两台500吨的门吊，可以提着圆筒走，移动、拼接，这个优势珠江口没有，任何一个工厂都做不到。”林鸣说。

对于林鸣来说，效率非常重要。要快，就一定要交给一家非常有能力的工厂去做，而振华重工是世界上最大的钢结构制造企业，可能也是国内唯一具有这个能力的工厂。

后来的事实证明，振华一个月能生产10到15个大圆筒，成就了名副其实的“振华速度”。自2011年1月20日大圆筒生产启动以来，仅仅历时10个月，上海振华重工为大桥东西人工岛共制作120个钢圆筒，总计6万吨，最高创下了单月制造17个钢圆筒的记录。

相信很多人会问，何为振华？

说到这个振华，在港珠澳大桥岛隧工程项目建设过程里屡屡出现它的名字，它是一个厉害的大型装备制造商。

· 港珠澳大桥沉管预制厂厂区及坞区

振华全名为上海振华重工（集团）股份有限公司，是中国交建的全资子公司。公司总部设在上海，于上海本地和南通、江阴等地设有8个生产基地，占地总面积约670公顷，总岸线10公里，特别是长江口的长兴基地有深水岸线5公里，承重码头3.7公里，是全国也是世界上最大的重型装备制造中心。此外振华还拥有22艘6万~10万吨级远洋运输船，可将大型产品跨海越洋运往全世界。

对于振华来说，大圆筒最大的考验不只是焊接，更是"运送"。长江口距珠江口1600公里，一个大圆筒就有一栋住宅楼那么高，即使有500吨的门吊，面对大圆筒这样的"巨无霸"，谁也不敢拍胸脯说没问题。

时任振华重工集团总裁康学增说，港珠澳大桥的钢圆筒项目规模大、难度高、风险大，是振华重工钢结构制造史上工作强度最大的挑战。

为了把钢圆筒顺利运输到珠海，振华将几艘7万吨到9万吨的远洋运输船改造成了钢圆筒运输船，这也是将远洋运输船第一次运用到了大型工程上。

钢圆筒运输要跨越三个海区。面临台风频发、航行视线遮挡、现场定位难等多重考验，许多人在心里犯嘀咕，怀疑大型钢圆筒漂洋过海这个方案是否可行。振华有几位船长干脆对林鸣说，长途海运对超高超大的钢圆筒是致命伤，高度有50多米的钢圆筒放在甲板上完全遮挡了视线，而且抗风问题也难以解决，不能运，运不了。

不仅如此，日本人也再次提出不同意见，力劝放弃钢圆筒方案，改用钢板方案。岛隧项目总经理部有人提出应该考虑在长兴岛制造单板、在深圳整体拼装的方案，以免去运输环节。众说纷纭，关键时刻，林鸣

怎么选择？

他的坚毅再次显现。在一次次会议中他力排众议，最后一锤定音，“我相信这个事振华重工能做！”甚至，为了让大家拿出破釜沉舟的气概，林鸣找到了振华总裁，拿到了“谁说不行撤谁”的“尚方宝剑”。他带领大家不仅确定了海运方案，还确定了大船定位、浮吊移动的振沉方案。

“那么多人有疑虑，您为什么有这样的信心？”有人问。

“中交有集群作战的实力，振华有完成任务的实力。”林鸣很有信心地回答。

毫无疑问，振华拥有强大的钢结构制造能力、经验丰富的焊工队伍、宽阔的生产车间和总装外场，这都为完成一个月一万吨的钢结构任务提供了充足的保障。不仅如此，它还有门式起重机、大型浮吊、种类多样的海洋船舶，以及22艘远洋运输船。

林鸣说，振华重工的现代化大型装备只要稍加利用，就可以发挥重大作用，让施工能力翻倍。

运输方面，振华船运公司拥有丰富的远洋航行和防台风经验，积累了一套完整的气象信息系统，能准确及时地掌握海上天气情况；振华重工船运设计部门则有超过50人的专业海运设计团队，研究出许多先进的技术，满足了大型整机产品上岸下水、移位过桥、海运与锚泊、浮装浮卸的需要。例如整体提升技术、放低梯形架技术、半潜技术、抬高技术等，形成了一套完整而先进的海运模式。这些运输技术已经保障了4000多台整套机产品安全到达世界76个国家，近200个港口，运输实力不言而喻。

尽管如此，答好大圆筒这道特殊“考题”仍不容易，这么大规模高难度的运输任务对中国人来说又是“第一次”。

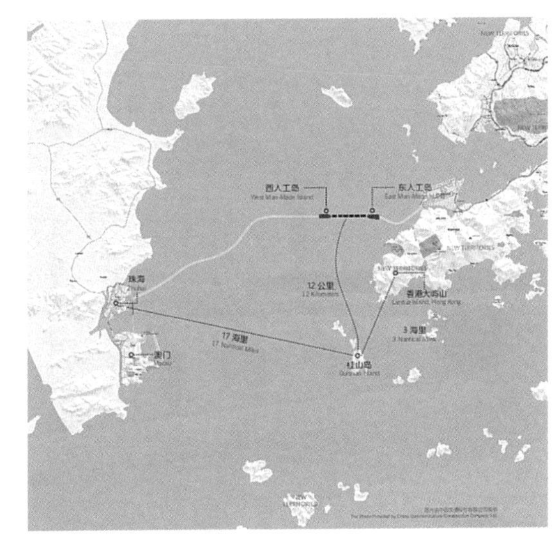

· 牛头岛沉管预制厂位置图

把每一船都当作第一船，这是振华人的决心。50米高的钢圆管放在甲板上，完全遮挡住了航行视线，需要“盲驾”。为了解决这一难题，振华在船头安排24小时瞭望人员，保证视线无障碍；每一船增加一名经验丰富的指导船长随船，保障航行安全。

处于台风季怎么办？2011年6月，装满钢圆筒的“振华17号”在海上突遇台风“海马”，应急预案随即启动，17号船带货前往南海漂航避风；8月，被称为“梅超风”的“梅花”正对着长江口岸袭击而来，钢圆筒却正在装船，如何逃过台风侵袭？经过仔细研究，运输团队作出一个大胆的决定：提前一天装船完毕出港，避开台风。这个决策是成功的，当“梅超风”自西向东奔袭而来时，钢圆筒已经向南国珠海驶去。

经验慢慢积累，步伐越来越稳。一开始，“振浮8号”装载着首个钢圆筒和被称为“大锤”的振沉动力系统，由两条拖轮护航起航，经过一个多星期抵达珠海。但是一个船运一个还是太慢，后来第二船就装载了9个钢圆筒，总重4059吨，只走了68小时。

“往前推十年二十年，你都难以想象这个工程会干成什么样。”林鸣说。

· 港珠澳大桥沉管

作为港珠澳大桥岛隧工程技术专家组组长，交通部总工程师徐光那时天天跟林鸣一起开会。后来他告诉林鸣："没想到你的那些船真能用。"

到了珠江口，眼看就剩"最后一公里"，老天的考验仍然不停顿。这么大的船在海上航行非常不易，到了之后如何定位？林鸣说，光定位的方案就整整研究了 3 天。

第一船很顺利，第二船锚定之后第二天一阵大风就把船吹跑了。要知道，运输船用了 200 多吨的锚，挖了一个将近 10 米深的坑，上面填上了 5000 多方的沙，这么大的家伙一阵儿风 4 个锚全跑了，船往南海里跑了 500 多海里，避了一阵风然后才回来。有了教训，大家把锚又增加了一倍，变成了 400 吨，又用了一万多方的沙，好歹把船给定住了。

就这么不容易。每一次振华运输轮运载钢圆筒到达目的地后，林鸣一定亲自登船慰问，他说这是他给自己的一个承诺，必须遵守。

2011年11月30日，港珠澳大桥东人工岛最后一船围护钢圆筒经“振华16号”运抵珠海，从岛隧工程总经理部到长兴岛生产基地，大家才终于放下了心。

从2011年5月至11月，14个大船航次和1个驳船航次共15航次，完成了港珠澳岛隧工程东西人工岛共120根直径22米钢圆筒制造和运输技术支持任务。

（第一船钢圆筒是2011年5月2日从上海出发，5月8日到达珠海——振驳28；最后一船钢圆筒是11月30日到达珠海；最后一个钢圆筒是2011年12月7日振沉完毕的。）

林鸣说：“西岛八船共航行了两万六千公里，加上东岛就是五万多公里，可以绕地球一圈了。”言语中满是成功的自豪与喜悦。

海底支柱

圆筒逐个到位，如何嵌入海床？

地质勘查是第一步。把钢圆筒打入海底，首先需要摸清海底地质情况。同样，后面的筑岛、海底沉管的安装等，同样需要搞清楚地层结构，精确了解海底的详细情况。这需要勘察先行。

2010年12月，勘察团队出海，开展岛隧工程地质情况精细化勘察。高峰期时，勘察舰队动用了超过20条船。

翻开岛隧工程地质勘查图纸，上面密密麻麻标注着170多个钻孔，400多个测试孔。每个孔都需要船舶驻位、钻探测试、取样分析等多个环节。只有这样，才能彻底了解港珠澳大桥所在海底的详细地质情况。

所有这些努力，核心是不扰动原土。地质勘查里，勘察的扰动，点位的变化，都要非常谨慎。也就是说，在钻探、取样、运输、分析的全过

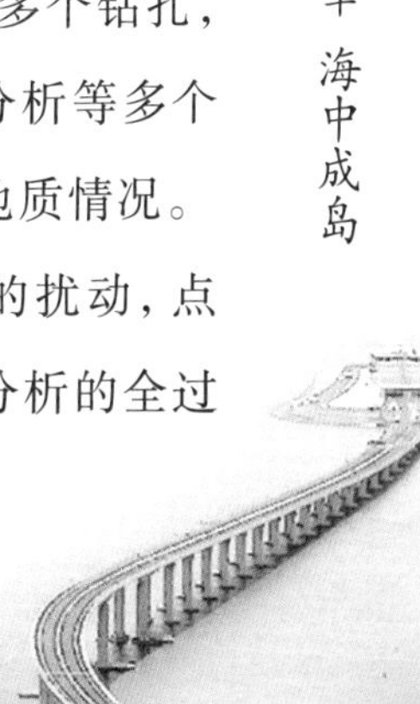

程中，不能改变土质的分层分布等原来面貌，只有这样，才能精确了解地质情况。数据显示，对原样分析后，95%以上的原样土为一级不扰动样，远高于国内常规水上勘察结果。经专家评定，勘察质量达到了世界先进水平。

在别人看来是“拦路虎”的淤泥地层，在林鸣看来则有辩证法的意义。“软土地基对工程建设肯定是一个麻烦，它有它的特点。然而如果把这些特点用好了，那它反而回头成了你的优势，对吧？”

海底淤泥那么多，人工岛能不能确保不沉降不变形？软土层如何加固？深基坑支护技术如何防护？林鸣把这些难题交给了港珠澳大桥岛隧工程项目副总经理尹海卿。

“要控制好它的沉降，就必须准确预测它的沉降。”尹海卿抓到了问题的实质。他带领中交三航科研院和中交天津港研院的工程技术专家组开展研究。前者由时蓓玲牵头负责承担东岛沉降计算，在建整体模型的同时，把隧道段和桥梁连接段作为重点；后者由侯晋芳领队负责承担西岛的沉降计算。由于两个岛所处的海域不同，海底地层结构有很大差异，工程师们必须采用不同方法进行计算，然后利用国际认可的有限元分析软件，进行三维数值仿真模拟计算。

“最受煎熬的是第三步。”女工程师侯晋芳说，“用现场实测的结果对前期计算的结果进行反分析，不仅计算量巨大，且计算参数在调整时经常会遇到问题，令研究一度陷入困境……”

其间，林鸣时常出现，关心问候研究进展。为了宽慰研究人员焦急的心，他时不时给大家讲上一段故事或笑话，临走，他还不忘笑呵呵地向年轻的工程师补上一句：“记住啦，下次中华白海豚出现时叫上我啊！”

·沉管预制：钢绞线穿束

在林鸣看来，正是厚厚的淤泥层给了工程师们成长的机会。“西人工岛100天完成30多米厚的软土地基加固，这在以前都是不可想象的问题。”他说。

一年多的时间里，工程师们不断计算、不断尝试，最终建立了东、西两个人工岛的沉降计算模型，提出了人工岛施工期地基沉降控制及报警建议值。

按照计算结果，人工岛沉降可以控制在50厘米之内。那么，采用钢圆筒支护结构快速成岛，如何用最短的时间过行地基加固，让岛壁结构实现快速稳定呢？

地基加固的新技术叫挤密砂桩技术，即采用专用砂桩船，通过振动沉管设备和管腔加压装置，把砂强制压入水下的软弱地基中，迅速起到置换、挤密、排水、加固的作用，增加地基的强度和刚度，加快地基的固结，减少沉降。

这个技术起源于日本。日本的公司说砂桩船可以卖给中国人，但控制系统不可以。一句话，就是不想给中国核心技术。

其实，早在2006年，中交三航局就研发出了第一条具有独立知识产权的挤密砂桩船，并在洋山港工程得以应用。但港珠澳大桥的工程要求更高，需要实现多种置换率并且要在水面下66米处进行地基加固。现有挤密砂桩船的施工能力根本无法实现。港珠澳大桥的地质条件也极其特殊，土层分布复杂，起伏非常大，不仅挤密扩进困难，还容易造成机械损毁。

怎么办？那就自己研发，工程人员铆足了一股劲。

然而，这一切谈何容易。一个新研发的挤密砂桩船，光在硬件系统上就有砂料输送、砂料提升、双导门进料、振动锤、桩管、压缩空气、控制等七大系统。在伶仃洋复杂的地质条件下，要想贯穿海底的硬土夹层，对振动锤的功率要求极高。但是如果一味加大振动锤的功率，设备容易发热，轴承扛不起压力，最终会造成振动锤停止工作甚至断裂，严重影响工期。

林鸣倾听着工程技术研究人员设计的新方案：通过专门的冷却系统，把冷却剂输送到需要冷却的轴承部分，然后通过这个冷却的油循环系统，把热量从轴承带走，保证轴承能持续长时间地运转下去，保证顺利施工。

如果成功了，这个系统，将又是港珠澳大桥奉献给工程界的超级成果。

2011年7月份，新系统正式进行打桩试验。

好事多磨。试验那天，意外频发。不是传感器坏了，就是电缆线断了，再就是沙子把导门挡住了。尤其是砂面计时不时地出现问题，导致控制系统频繁报错，试验无法开展。

工程技术人员的心都沉到了海底，大家的脸色都很难看。

“这算什么？万里长征刚抬腿……跌倒了站起来再继续往前，才是我们大桥建设者的性格！”林鸣的一席话，让尹海卿和团队重新点燃斗志。

开会讨论。

再开会讨论。

“要不要请日本的专家看看。”施工单位的人失去了信心。

林鸣没有动摇，他相信自己的团队一定有把握做到。

一个个疑点被排除，一个个问题被解决……最后，尹海卿向林鸣报告：可以进行新的试验！

林鸣问：“几成把握？”

尹海卿答：“百分之百。”

林鸣笑了：“好样的。”

现场再次试验十分顺利，团队研发的控制系统可以生成当天的施工报表，大大提高了施工效率。

随即，东、西两岛展开了快速筑岛的另一个关键性工序——向岛基的海底深处打入挤密砂桩……

最终，每根五六十米的挤密砂桩被牢牢插入大海深处，施工期共打下 9000 多根挤密砂桩。它们像钢圆筒这样的“巨无霸”一样，整齐而密集地穿透坚固的硬土层，稳稳地承载人工岛的重负，将牢牢地立于海底 120 年。

林鸣领导下的挤密砂桩技术完美实施，对快速筑岛有着非凡意义，在技术上也为我国甚至世界深海工程作出了影响深远的贡献。

日本专家来筑岛现场观摩后，不禁赞叹：“中国工程师在这方面的

技术已经超过了我们！”

“天下第一锤”

2011 年 1 月，岛隧工程首批设计图提交。

此时远在上海的长兴岛，钢圆筒的制作也在齐头并进。

6 万吨钢材，要在 7 个月内完成加工、运输，需要强大的生产基地和运输能力，“在世界上能够做到这一点的企业也不多。”林鸣说。

中交旗下振华重工的现代化大型装备优势得以体现：经验丰富的焊工队伍、宽阔的生产车间和总装等都为一个月 1 万吨的钢结构任务提供保障，大型起重机、大型浮吊、种类多样的海洋船舶，能够确保振华重工完成钢圆筒运输任务。

采取大圆筒方案，好处是能提供较宽阔的海上干施工区域，作业空间大，止水性好，支撑体系可灵活调整，筒内施工设备利用率高。但它的缺点也很明显：依赖于大型先进设备组的配合，对设备集成性要求高。换句话说，大圆筒需要“机械帮手”——大型工程船舶和大型振沉装备。

2010 年 7 月，中交一航局向全球发出了联合开发振沉系统的邀请。

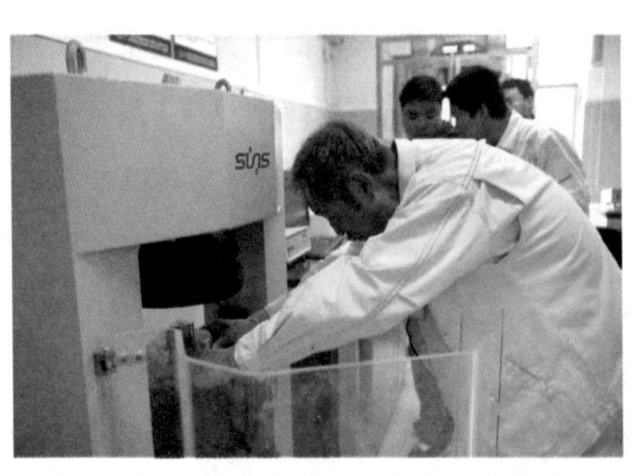

· 林鸣在查看记忆支座比选试验

很快，美国 APE、美国 ICE、荷兰 ICE 以及上海振中这四家振动锤巨头提交了精细的实施方案。三轮分析过后，APE 公司的方案凭借振动锤技术可靠、结构便于操作、工期有保障、商务报价和服务承诺优越等条件得到了一致认可。

中交一航局和美国 APE 公司随后正式签订了技术规格书及合同，制造 8 台振动锤。其后，双方密切合作，解决了多项制造和控制中的难题，包括各锤主油路等压力、偏心齿轮组装精度、同步轴加工及安装精度、8 锤的同步操作等。

林鸣和他的团队对这些大锤的要求近乎苛刻：8 个构件单体加工平整度达到 0.5 毫米、粗糙度达到 3.2 微米。工艺团队克服各种难题，在最短的时间内共同探讨解决技术难题，最后，整体尺寸完全达到图纸要求，平整度控制到了 2 毫米之内。

八锤联动，这是名副其实的“天下第一锤”，激振力达到 3960 吨。

八锤联动，不仅要保证共振，还要保证精确度。港珠澳大桥人工岛的钢圆筒不同寻常，除了自身的高、大、重之外，还有一个特殊性——每个钢圆筒外侧都有为嵌入“副格”预留的两个凹槽。钢圆筒振沉垂直精度偏差超过误差范围，副格将无法安装。

精度，成了技术攻关的第一要务！

中交一航局自主研发了一套“钢圆筒振沉管理系统”。这套系统创造性地使用了 GPS 定位系统和全站仪定位系统相结合的全新的定位构想，可以说是为超大钢圆筒振沉安装上了“眼睛”。

有了“眼睛”，现场工作人员要对钢圆筒入土情况进行实进校对监测，解决精度定位问题。

过了振沉关，工程技术人员又先后攻克了钢圆筒扎身海底后的止水关、稳定关、排水关等多重难题。

2011 年 4 月，振沉系统空载振沉一次成功。

世界最大的钢圆筒振沉系统和“天下第一锤”，准备好了！

2011年5月15日，伶仃洋上。

1600吨的起重船“振浮8号”吊着振沉系统和钢圆筒，在自主研发的“钢圆筒打设定位精度管理系统”的引导下，正确定位，完成入泥自沉。随后，随着“开始沉振”的指令发出，中控计算机同时启动8台动力柜和8台振动锤，世界最大的振沉系统在中国的珠江海面上隆隆作业。

液压振动锤传来的轰鸣声之中，直径22米、高40.5米的首个钢圆筒沉入水底，插入泥中21米，垂直度偏差小于1/500，创造了世界纪录。

“人工岛能高效成岛，充分展现了设计施工总承包的优势。在这种模式中，由于是超大型工程，没有现成的经验来套用，因此要初步设计确定框架，然后要根据整体要求配置资源，根据工程实施不断优化。这对确保工程质量和推进工期起到了很好的效果。”林鸣说。

“总体非常顺利，略有波折。”他这样评价。第一根圆筒振沉时，当钢筒进入淤泥一定深度后，被泥紧紧粘住，无法继续深入。经过反复琢磨，施工人员最后采取了打入一段后回抽一次，并在回抽时用高压水枪冲洗筒壁的方式，终于将钢筒一寸寸振沉到21米深的海泥里，最终嵌入不透水层。

首战顺利，天气、海况全都满足要求。林鸣说没想到，因为第一个振沉“很快，有点超出预料”。

八锤联动，世界首创。

让这些庞然大物扎根于大海，还要保证精确度，难度可想而知，通过一个小小的细节，即可了解到工程的艰巨与不易。

“振浮8号”的船长秦汉文说，大船停泊的地方距离钢圆筒振沉地方最远达到900米，而不能自航的浮吊必须挂缆到运输钢圆筒的大船，通过卷缆向大船靠近，吊装起钢圆筒。然后再通过浮吊另一边的卷锚靠近沉振位置，仅这一段路程就需要运行 1 小时 40 分钟，可见运行速度之慢、吊装时间之长，以及危险系数之高。

后来，在丹麦召开的国际隧道协会年会上，一家咨询公司的两名外国工程师介绍了港珠澳大桥应用的“钢圆筒沉振”技术工艺。顿时，整个研讨会的重点转移到这一工艺上来了。林鸣自豪地说，由此可见业界对我们技术发展高度认可的态度。

在首个钢圆筒振沉现场，当时有好几位荷兰专家。荷兰是欧洲甚至全世界搞水工最厉害的一个国家。第一个大圆筒成功振沉后，一位荷兰海工专家对林鸣说，太震撼了。他对林鸣的团队给予极高的评价，说如果全世界只有一个企业能够完成这样的工程，可能也就是你们中国交建，找不出第二家。

其实，振沉之前，林鸣的心里很忐忑。当时是选 4 个锤、6 个锤，还

· 沉管预制：中墙钢筋绑扎

是 8 个锤，大家并没有统一的认识。对于中国人来说，有经验的就是 4 个锤，6 个锤就是一个跨越了，何况还要同步。8 个锤简直就是非常大的压力，因为可能有风险。

反复权衡之下，轮到林鸣拍板。他说 8 锤，我们挑战一下。结果第一次的打设非常顺利，精度也很好，垂直度也非常好，偏差小于 1/500，只需 10 分钟。

随着经验的积累，施工速度逐渐加快。一个个巨型钢圆筒被“敲”进三四十米深的海底。2011 年 9 月 11 日，西人工岛最后一个钢圆筒振沉入海，垂直偏差小于 1/600。61 个超大体量钢圆筒和 124 片弧形钢板副格组成止水围护结构，将西人工岛围成。同年 12 月 21 日，东人工岛最后一个钢圆筒成功“定”入水中，东人工岛围成。

对于港珠澳大桥和林鸣来说，这是一个历史性时刻。2011 年 9 月 11 日，全国主要媒体集中报道了西人工岛最后一个钢圆筒振沉入海的消息，其中新华社以《港珠澳大桥海中人工岛主体结构形成》为题向全国发布通稿。

新华社通稿中这样说：随着第 61 个巨大的钢圆筒稳稳插入珠江口开阔的海面上，港珠澳大桥海中人工岛主体结构 11 日上午宣告形成。这也意味着港珠澳大桥工程重要难点取得突破，为大桥 2016 年 3 月顺利完工奠定了基础。

……

11 日插入海中的这些钢圆筒形成了一个人工岛的骨架。每一个钢圆筒直径达 22 米，最高超过 40 米，重 500 多吨。就体积而言，接近于一个完整的 10 多层楼房。这一工艺的难点是，在工厂制作这一 10 层楼大小的庞然大物，然后长距离海上运输到现场后，再通过专用振沉到海底。

……

再说说人工岛背后的曲折。

西人工岛的59个大圆筒很顺利，最多时一天能振沉3个圆筒。到了东人工岛，考验来了。

东人工岛施工与西人工岛相比地质条件更为复杂，海床韧厚的黏土结构层地质给施工增添了不少难度。

第62个大圆筒，从中午一直打到晚上7点钟，勉强打下去，明显能看到它是倾斜的。那时候，台风就快要来了，林鸣心里急啊，不能一开始就让队伍没信心，必须成功。

怎么办？林鸣先稳住自己的阵脚，将成则势在。“问题先扔一边，向前看。第二天一早起来，就把所有的担心用面具挡一边，要显出充满信心。越是有困难，越不能让别人感受到压力。”林鸣说，这是他的“压阵”诀窍。

·沉管预制：混凝土振捣

大圆筒振沉期间，林鸣出过三次差。有一次去烟台看钢筋设备，现场一个电话打来说圆筒实在打不下去。林鸣正巧和别人一起吃饭，只好忍着，然而吃什么都味同嚼蜡，没味道，一心就是惦记那个圆筒，比在现场的心情还要坏。“一秒钟变得很长，一分钟就好像无限长，直到好几个小时后告诉我突破了，我才放心。”林鸣说，打圆筒那半年很邪门，自己出过3次差，结果出了3次事，后来索性在振沉期间再不出差，“钉”在现场守着大圆筒，好像冥冥中自有天意，随后都比较顺利。

钢圆筒全部打下后，还要填入两百万立方米海砂，并进行深层地基排水固结等一系列技术处理，以达到设计要求的基础强度。

钢筒外围则抛石加固，修筑挡浪墙，安装扭工字块，对人工岛进行保护，形成坚固的岛壁结构。2013 年 3 月 1 日，岛隧工程西人工岛岛隧结合部的 3 个钢圆筒被顺利拆除，西人工岛具备沉管安装对接条件。2016 年 4 月 24 日，东人工岛岛隧结合部的 3 个钢圆筒顺利拆除完毕，东人工岛也打开“大门”，静待与首节曲线段 E33 管节的海底对接。

每一个钢圆筒，平均打 30 个小时。

120 个钢圆筒围成人工岛岛壁结构，每一个钢圆筒的直径达 22 米，与篮球场面积相当。其中西岛 61 个，东岛 59 个，单体重约 500 吨。根据海床地质情况高度 40.5 米至 50.5 米不等，设计垂直精度偏差为 1/200，这是一个极为精细的偏差。

仅用 221 天，中国的建设者们建成了两座各 10 万平方米的人工岛，创造了世界工程史的新纪录！

中国科学院院士孙钧说，要有技术创新，必然相依随的就是承担风险。既然自己和别人都还没有做过，连间接经验也没有，没有经验第一次试着干就将存在着诸多突发的、不可预测的风险。但是，风险同危险不一样，在精心设计、精心施工的前提下，又有了相应的对策预案，则风险应该是可以控制的，甚至是可以规避的。这点港珠澳大桥切实做到了，非常难能可贵。

荷兰隧道工程咨询公司（TEC）执行总裁汉斯·德威特说，在软弱而且类型变化多样的地质条件下采用八锤联动液压振动锤快速施工，在各钢圆筒之间安装弧形钢副格，为岛内陆域形成及水密环境创造条件，针对港珠澳大桥的特殊边界条件，这样的钢圆筒方案创造了设计与施工良好平衡的完美工程典范，为岛隧工程提供了最优的解决方案。

2011 年 12 月 7 日，港珠澳大桥岛隧工程最后一个重约 500 吨的钢圆筒被打入海床。鞭炮声中，现场的工程人员格外激动——120 个从 1600 公里之外运来的巨型钢圆筒已全部完成振沉，东、西人工岛稳稳地扎在了繁忙的伶仃洋海域。

两周以后，12 月 21 日，东、西人工岛成岛。这一天，粤港澳三地政府在西岛举办了一个简单的成岛仪式。

这一天，林鸣早早来到仪式现场，登上“振驳 28 号”船。他久久凝视着立下汗马功劳的“八大锤”，抚摸着锤头，就像爱抚他的孩子。

不一般的清水建筑

2017 年 7 月，林鸣又一次来到东人工岛检查。

彼时，东人工岛施工已经处于最后收尾阶段，两层观光小楼主体结构已经完成，工人们在对最后的路面进行混凝土浇筑平整。

甫一上岛，林鸣脸一沉，连连让浇筑路面的工人“停工停工，把负责人叫来”。大家不知道发了什么事，但是都熟悉林鸣的脾气，肯定是哪里出了问题。要知道，依他的完美个性，那可是一点瑕疵都不能有。

工区的负责人来了。说起来事情很小。混凝土浇筑就在两米多高的挡浪墙边。为了防止浇筑时混凝土溅到挡浪墙上，工人们用不干胶把塑料膜贴到挡浪墙的下部。然而，正是这个在其他工程要受夸奖的步骤遭

到了“训斥”。

“塑料膜应该整个翻过去，把全部墙都挡住。你怎么知道泥点不会溅得更高呢？还有不能用这种不干胶，一晒就会在挡浪墙上留印儿，再也去不掉。”林鸣很生气，怎么可以在清清亮亮的挡浪墙上“留疤”？

其实，人工挡浪墙并不是什么景观设施，最重要的功能就是加强人工岛防护能力，保证16级强台风下人工岛经受住考验，避免海水通过人工岛进入隧道造成破坏。长得好不好看不是它的首要“职责”。

然而，林鸣不这么想。一个120年的工程，应该是一个从每一个细节每一个步骤都让人放心的工程。

热辣的太阳底下，林鸣整整训了20分钟。“林总一直这么细致吗？”随行的队伍里有人问。港珠澳大桥岛隧工程项目部副总经理、设计总负责人刘晓东显得“见怪不怪”。他哈哈一笑：“林总可认真了，一点不容马虎，干这个工程，没有人没被他训过，很正常。”

细致到什么程度？随林鸣走上东人工岛主体建筑时，他特别提示随行的人摸摸楼梯栏杆和窗台看有没有灰。一摸，真没有！天！在一个还没完全竣工的建设现场，连栏杆都擦得干干净净！刘晓东冲着同行的人挤了挤眼，笑了笑，意思是“相信了吧？”

不是相信，而是服了，心服口服。

也许有人要说，需要这么费事吗？

林鸣说，托起这个工程的，就是细节。

每次，看到这样的细节，看到认真对待这些细节的人，林鸣说，自己就莫名感动，似乎所有的压力和难受都烟消云散。

再来说说岛上的建筑。岛上的挡浪墙和所有建筑全部采用了清水混凝土，以“天然去雕饰”的本色融合于海天之中。

·沉管钢封门安装

即使是主体建筑的混凝土，要达到什么标准，林鸣也有相当高的要求。据中交四航院董事长朱利翔回忆，第一次对主体建筑的初步设计就是按普通工业建筑的标准。林鸣一看非常不满意，勉励之外话也很重，说这样肯定不行，怎么能不认真对待。朱利翔手下的几个所长回去就流了眼泪，觉得没有达到林鸣的预期，压力很大。

当时，朱利翔对林鸣立了个“军令状”，回去就组织了个二三十人的团队，本想干一年左右，没想到干了三年。三年的每个春节，朱利翔都守在岛上。

“不是林总的坚持，我们拿不了现在的方案，也不会有现在这么高的标准。幸好有他的坚持。”朱利翔说。

在林鸣的“严苛”下，好多问题都是工程人员自己给自己找的。什么是工程建设得好与不好？林鸣说：“你可以顶着脑袋上的天花板设计，也可以举着手摸天花板设计，还可以跳起来摸天花板设计，看你怎么去设计。像人工岛房建设计，我们就给它设了一个跳着才能摸得到的天花板设计。”

这样认真坚持的精神层层传导。在挡浪墙模板拼缝的施工作业中，二工区工程部副部长吴平给工人们下了“紧箍咒”：“必须精确到1毫米以内！”

“混凝土的使用年限跟每个操作工人息息相关。如果每个人都能按照工作流程施工，达到指标要求，那就肯定能做出一个好的结果。”林鸣说。

为什么要倡导清水建筑？林鸣说，清水建筑不多用涂料，不用外装修，不仅降低了全寿命周期成本，也体现了绿色建筑的生态文明。

“天然去雕饰”让岛上的建筑呈现自然的光洁度，有一种素面的清纯感。不过，要想做到色差的一致却不容易。通过先进的工艺、严格的

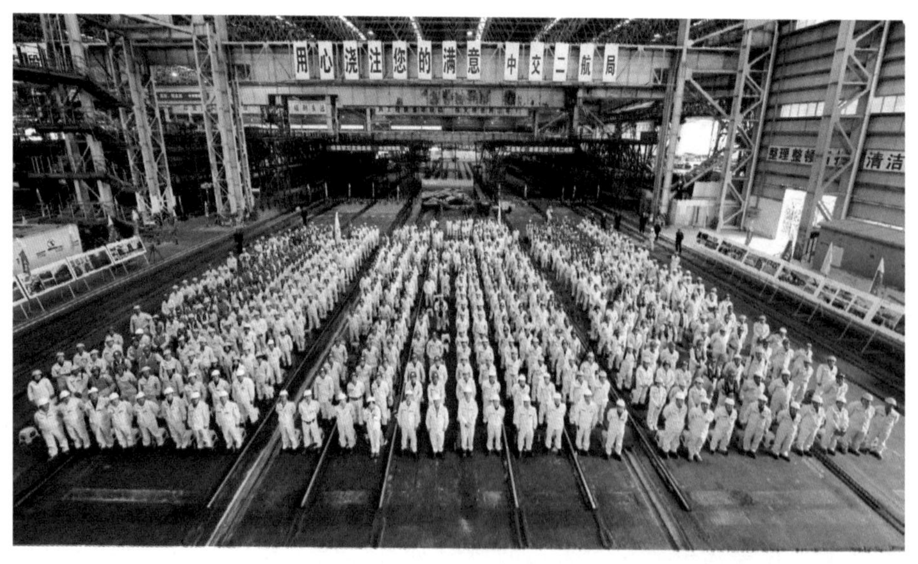

·沉管预制完工总结大会建设者合影

管理，岛上建筑混凝土的表观质量取得了非常好的效果，表面平整，颜色一致，没有或深或浅，也没有一般混凝土常有的黄斑、水锈等，即使有一些小气泡，也要像看书一样仔细地看才能看到。

清水混凝土对技术和施工的要求很高，不仅有模板拼接的要求，还有施工工艺的控制，比如混凝土浇筑的时间，连续的浇筑尽量不能中断等等都有很精细的要求。

当时在现场负责施工的刘海青形容自己是在林鸣的“骂声中成长的”。他还记得第一次林鸣发火，是因为挡浪墙试验段的一个螺栓。固定模板的对穿螺栓位置略有偏差，造成孔位排列不是很整齐，这并不影响使用质量，只是显得不是那样美观。就这么一点点，林鸣发现后把现场的人员通通教育了一遍。

“他对我们提出了一个要求，就是一次要比一次好，没有最好，只有更好。要不断加强改进、不断提高，不仅是工艺上的提高，还有人的素质的提高。”刘海青说。

在林鸣的“严加鞭策”下，岛上的人都开始学着“用放大镜看问题”，走进现场、走进模板、走进钢圆筒里面看问题。甚至每一批工人分岗施工也格外分明，比如钢筋工，只在后厂拼接钢筋的就一直在后厂拼接钢筋，在前厂组装钢筋的就一直在前厂组装钢筋，做立柱模板的就一直做立柱模板，做横梁模板的就一直做横梁模板，做到专业人做专业事，每一次都像第一次一样认真，越做越好。

结果如何？

原交通部部长黄镇东说，改革开放以来，中国也搞了一些清水混凝土建筑物，但是从建造成果来看，跟同类型相比，港珠澳大桥人工岛上看到的清水建筑物的水平应该是最高的。

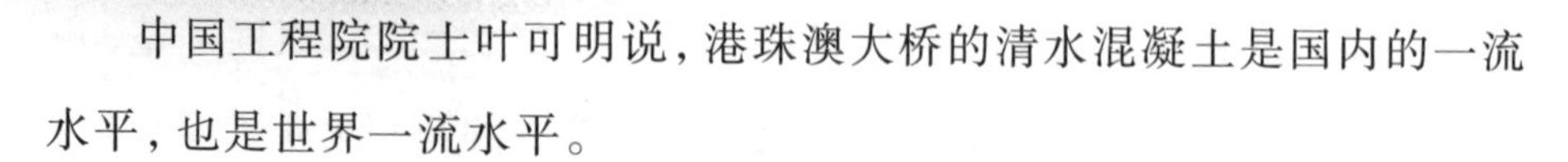

中国工程院院士叶可明说，港珠澳大桥的清水混凝土是国内的一流水平，也是世界一流水平。

林鸣自己呢？他把岛上的建筑称为达到了“一个跳着才能摸到的天花板设计”。

为什么要这样要求自己？

林鸣笑了，这不就是进步吗？要跳起来才够得着的设计，你还不能进步吗？

第四章 备战沉管

什么是路？就是从没路的地方践踏出来的，从只有荆棘的地方开辟出来的。

——鲁迅

LINGDINGYANG SHANG DE TALANG ZHE

什么是路？就是从没路的地方践踏出来的，从只有荆棘的地方开辟出来的。

——鲁迅

这是一场工程建设史上的历史之战——

6.7 公里——世界上迄今为止最长的海底公路隧道，也是我国唯一的一条外海沉管隧道；隧道由 33 节沉管组成，每节约重 75000 吨，犹如一艘航空母舰；沉管要在 40 多米的深海完成连续安装，并达到苛刻要求的安装精度……

挑战前所未有。林鸣和他的团队又一次站在了“第一次”的起跑

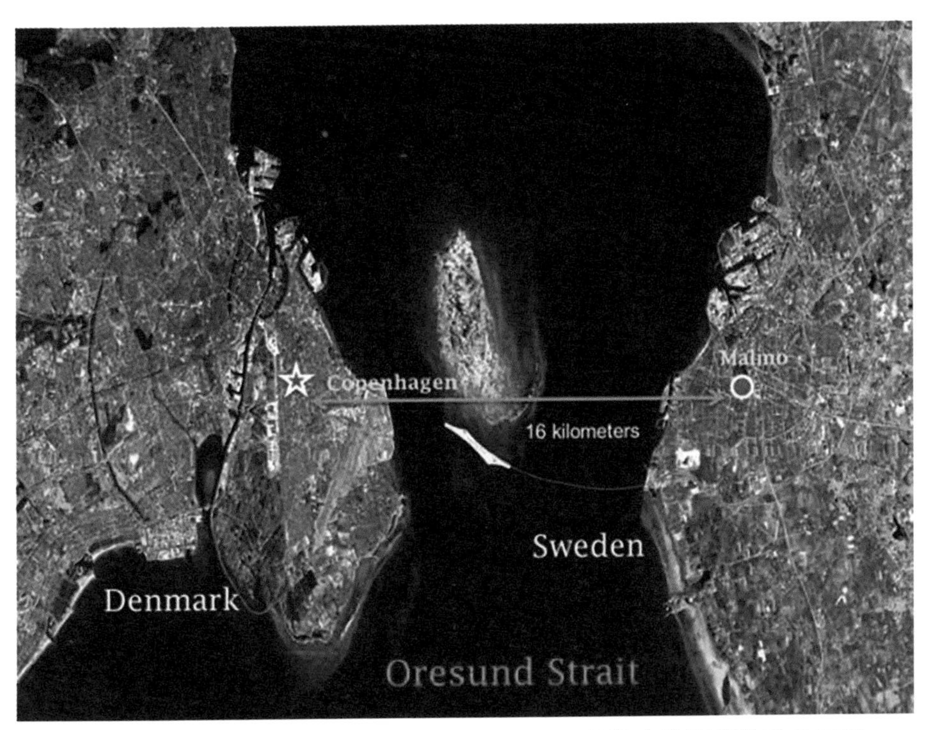

· 厄勒海峡沉管隧道平面图

·港珠澳大桥沉管隧道基础示意图

线上。

“对于怎么建沉管隧道，当时我们真的是很茫然。”刘晓东说。

对于建过多座大桥的林鸣而言也是如此。以往所建的桥梁都是在内河之上，其水流速、泥沙回淤量、安装精度都不可与外海同日而语，其技术难度完全天差地远。

更何况，整条海底隧道还要能抗8级地震、16级台风，还要防撞、防锚、防火、防水、防爆……

放眼全国，在港珠澳大桥建设之前，中国只有几条长约几百米的江河沉管隧道，对在外海尤其是深海沉管隧道的建设可谓是“一张白纸”。

世界海洋工程权威专家、丹麦科研公司资深经理穆勒说：“在珠江口三角洲建造一条世界最长海底隧道是前所未有的，工程难度直逼技术极限，这是一项破世界纪录的工程。”

然而，强者无畏。真正的强者不仅欢迎挑战，更直面挑战。

林鸣说，多好，这是个难得的机会。

4年多的时间里，33节沉管，毫米级对接，沉管平均沉降只有5厘米，成就世界唯一的“滴水不漏”。林鸣说，这就像连续33次考上清华，但这却比连续33次考上清华还要难。“伶仃赶考”，他和团队交出了最完美的考卷。

“港珠澳大桥岛隧工程对项目的管理及现场的施工水准，用通俗的话来讲是一个超级样板工程。这不仅为中国，也为全球的施工定出了一个全新的高标准。”德国派利（PERI）公司大中华地区业务主管郑宽志如此评价。

唯一的“滴水不漏”

先把复杂的施工放一边，这一次，我们先来看看沉管隧道的“惊艳答卷”。

这里，有一个“香港故事”。

2015年12月，一位特殊的客人造访了港珠澳大桥岛隧工程。

他叫刘正光，香港土木工程署前任署长，曾主持设计建造了香港青马大桥、汲水门大桥和汀九大桥。这三座桥梁都被誉为世界级的大桥，刘正光也因此荣获我国桥梁工程界的最高奖——“茅以升”奖，人送外号“桥王”。

参观的前一天，他给林鸣打电话，询问：“参观隧道需不需要穿雨衣雨靴？”

林鸣回答说：“不需要。”

刘正光显然不相信。第二天，他虽然没有穿雨衣，却穿着雨靴到了工地。

从西人工岛入口处，刘正光乘电瓶车进入隧道，一直到达E24沉管

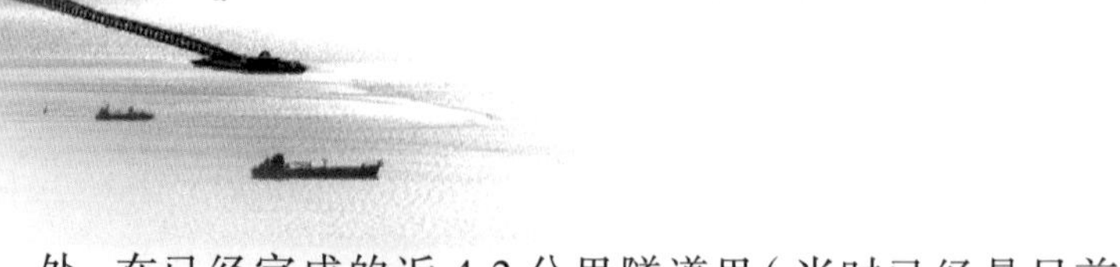

处。在已经完成的近 4.2 公里隧道里（当时已经是目前世界最长的沉管隧道），他一路以“桥王”的专业视角审视着沉管隧道的每一个细节。

结果完全出乎他的意料，24 节沉管的 192 个接头没有一点点漏水。整个隧道内既没有“雨”更没有“河”，连水印的痕迹都没有，哪用穿什么雨靴？

“沉管隧道没有不漏水的，没想到你们的隧道能够做到滴水不漏。”“你们这工程做得确实不错，我们香港工程界要向你们学习。”刘正光的这两句话让林鸣印象十分深刻。

“之前，香港土木工程界从骨子里看不起内地一些工程的质量，能从他的嘴里说出这个话比登天还难。”林鸣说。

刘正光的怀疑的确有理由。单从桥的质量来看，作为香港桥梁界第一人，香港的几座大桥在他手上做得确实非常好。林鸣坦承，刘正光建的几座桥到现在还像青壮年，而同期内地的很多的桥已经步入了中老年，工程质量也时常出现问题，这是让刘正光一直对内地工程界颇有微词的重要原因。

再从沉管隧道的角度看。迄今为止，全球共有 150 多条沉管隧道。尽管都有水密性的要求，但是没有一条隧道没出现漏水的现象。“隧道所有者和设计师都明白建造 100% 水密的隧道意味着什么样的挑战。”汉斯 · 德威特说。

作为荷兰隧道工程咨询公司（TEC）的执行总裁，汉斯也是国际隧道协会国际沉管隧道工作小组成员，曾参与过卡塔尔多哈沙尔克跨海大桥、巴西圣保罗（Santos-Guaruja）跨海大桥、阿姆斯特丹 IJ 隧道和韩国釜山巨济大桥等多项大型工程。

在他看来，沉管隧道漏水是“常规”现象。欧洲某岛隧杂志的统计数据显示，全球节段式沉管漏水率为10%左右，目前尚没有沉管隧道100%不漏水的记录，也就是说，10个接头中至少有一个是漏水的。

荷兰特瑞堡集团(TEP)工程产品商业开发和市场部经理路德·波柯特在接受一位记者的采访时也说：“漏水是常见的现象。”

TEP是全球领先的隧道密封系统供货商。全球许多沉管隧道都使用了该公司的产品。路德·波柯特表示，混凝土养护期间出现收缩，以及建筑结构无法适应荷载作用而导致的裂缝，是混凝土隧道最常见的漏水原因。尽管隧道都有水密性的设计要求，但是许多国家也普遍接受隧道里有限的渗漏。

即使是著名的厄勒海峡隧道也是如此。由于混凝土出现裂缝，厄勒海峡隧道也存在一些漏水现象。

要知道，与厄勒海峡隧道位于岩石层之上不同，港珠澳大桥的地基

·E1沉管与西人工岛暗埋段对接

可是厚软土层，沉管基础刚度协调及不均匀沉降控制极其困难。按国际通行标准，隧道沉降30厘米以上，而港珠澳大桥岛隧工程合同规定沉降标准是20厘米。

猜猜隧道建成后的沉降值是多少？

平均5厘米！

港珠桥大桥的沉管隧道打破了这个“常规”，成了全球唯一的“滴水不漏”。

奇迹何来？

让我们回到沉管建设的备战现场。

桂山选址

2010年12月28日，伶仃洋上，珠海桂山牛头岛。

机器轰鸣声中，港珠澳大桥沉管预制厂登上了历史舞台。它的使命是生产岛隧工程最核心的部分——33节沉管。

要知道，这33节沉管并非长得“一模一样”，其中28节是直线的，5节是曲线的，位于连接东人工岛的隧道段。为了防止漏水，沉管的管壁最厚处设计到了1.5米。

为了生产这些巨型沉管，港珠澳三地政府决定在桂山牛头岛上为港珠澳大桥专门建造一座全球最大、占地面积相当于10个足球场的沉管预制厂。

最大并不稀奇，神奇的是建造这个预制厂的效率：只用了14个月。妥妥的中国速度！

为什么要专为沉管预制建立一个工厂？林鸣说，为了保质、保量、保工期。港珠澳大桥120年的寿命要求，以及工厂法24小时可以连续生产，有限工期能够保证等优势，都注定工厂法预制更具可行性。

工厂法预制是丹麦到瑞典的厄勒海峡隧道的首创，大大提高了沉管生产的效率和工艺的标准化。有所不同的是，厄勒海峡隧道只尝试了直线沉管，没有曲线沉管。相比之下，港珠澳大桥沉管断面尺寸大，存在部分曲线管节，且是深埋式的，难度不可同日而语。

在港珠澳大桥，林鸣是第一个提出沉管工厂法预制概念的人。最初，沉管预制厂计划建在广州南沙，但如果选择南沙，每次运输沉管需要封航两天，而从珠海桂山牛头岛出发，可将浮运时间缩短至10个小时左右，至少能为珠江口往来船舶最繁忙的伶仃主航道“让路”一天。

2010年年初，中交四航设计院副总工程师、港珠澳大桥岛隧工程设计负责人梁桁接到任务：设计港珠澳大桥桂山沉管预制厂，采用工厂法预制沉管，即在工厂内完成每节沉管预制，安装时直接将预制好的沉管拖运至指定位置完成对接。

“所有人对这个任务都一脸茫然。航空母舰那么重的沉管怎么预制？”梁桁说，那时候，设计团队手上只有一本介绍性的英文参考文献《隧道》(*The Tunnel*)，里面只有不到30页关于预制工厂的介绍。”

任务重，工期紧，梁桁只好带领团队尽快登上牛头岛，仔细勘察牛

· 港珠澳大桥沉管隧道基础施工流程图

头岛的施工条件。初登岛时，桂山牛头岛完全是一个“四无荒岛”，无水、无电、无路、无通讯信号覆盖。中交四航局技术员司惟说，深坞现场就是一个大大的七八米深的水池，其他地方都长满了高高的野草，大家一看都傻眼了……

从工程建设上看，沉管预制是整个沉管隧道建设的前提和基础。“如果沉管预制不出来，就没有后期的安装和对接，所有人的目光都聚焦在工厂。”这对工程师们的技术和心理考验可想而知。

选址定了，仍有考验。桂山岛处于外伶仃洋，平均每年遭遇台风登陆 1.5 次，常规做法是在外海建设环抱式防波堤以形成避风港，但桂山岛外海处有厚达 20 米的软土地基，这使得防波堤的建设成本成为天文数字。此外，桂山岛处于白海豚核心保护区，环保上的要求也不允许大规模海工建设。

在此情况下，梁桁团队深入研究牛头岛现状，仔细斟酌和反复权衡，大胆提出了在岛内石场现有的巨大采石坑基础上进一步扩大深坞，使其具备同时寄放 4 个管节能力的深坞布置方案。“由于管节在岛内寄放，必要时还可以关闭深坞门，因此即便外海风高浪急，坞内水域依然波澜不兴，管节安全得到了很好的保障。”梁桁说。

“边勘察边设计边施工”，林鸣把沉管预制厂的紧张工作形容为“三边工程”。

从 2010 年年底开始研讨、设计，经过反复勘察、论证和实验，到 2012 年年初，仅仅历时 14 个月，沉管预制厂和沉管深坞同步建成投产。预制厂总面积 56 万平方米，中间为两条生产线，各具备 3 个独立的钢筋绑扎台座和浇筑台座，实现了流水线式的工厂化预制施工模式，成为世界上最大的“现代化”沉管预制工厂。

“三边工程”让设计和施工无缝对接，工作得以紧锣密鼓推进。设计土建工作完成之后，仅桂山沉管预制厂就形成图册14册，图纸多达1500张，而为配合现场施工而进行的调整、修改和优化更是不计其数。

“在这之前，外国专家预估预制厂的建成需要三年时间。”林鸣说。要知道，牛头岛孤悬海外，交通不便。沉管生产所用的各种设备和河沙、石料、水泥、生产用水等各种原材料都要靠船从陆地运来，生产施工组织难度很大。

工厂有了，流水线作业问题解决了，接下来要解决的就是生产和存放的问题了。

“密制配方”

要建设33个标准管节，每节平均长180米、宽37.95米、高11.4米、重约8万吨的沉管谈何容易？生产时，每个标准沉管要再分成8个节段进行混凝土浇筑，每个节段浇筑好后再拼装成一个整体。

不仅如此，根据测算，每节沉管的排水量已超过“辽宁”号航母满载时的排水量，每个管节要消耗混凝土约7万吨，钢筋约7200吨，相当于搭建一座埃菲尔铁塔所需用钢量。

在整个管节生产中，包含钢筋加工、绑扎、钢筋笼顶推、体系转换、预埋件安装、模板复位、混凝土浇筑、管节养护等多道工序。港珠澳大桥岛隧工程项目副总工程师翟世鸿说，如果将沉管预制的所有步骤都计算在内，一共有156道工序。

按照林鸣的安排，翟世鸿负责沉管前期技术研究。他深知，这不仅对中交是第一次，对自己更是全新的考验。

先说钢筋绑扎，一节沉管的预制周期在两个半月左右。工人先按照设计要求，用钢筋绑扎出沉管的形状，这相当于搭建沉管的骨架。在每

·“津平1”碎石整平船

个节段的生产过程中，从工程部到设备部再到质检部，技术人员一遍遍反复检查钢筋绑扎焊接质量，一直到确保每个节段钢筋绑扎程度误差控制在1厘米以内，箍筋等部位误差控制在5毫米内。

为了保证精度，工人们还需要亲身钻进宽度仅50多厘米的钢筋笼里，对近100根注浆管的安装效果一一检查到位，确保每一个焊接位置的密闭性能。

再说混凝土浇筑，这相当于为沉管装上“肌肉”。

这可一点都不简单。

混凝土的配方十分关键。沉到海底后，如果沉管管身出现裂缝，就会有海水渗进去，腐蚀破坏混凝土里的钢筋。钢筋是混凝土的骨架，起重要的支撑传导作用。一旦锈蚀开裂体积增大，就会引起混凝土膨胀，造成沉管混凝土开裂提前损坏，影响到沉管隧道120年的寿命要求。

“这就意味着每一个标准沉管中的8节分8次浇筑必须是完美浇筑，即便是前7次混凝土浇筑毫无瑕疵，第8次出现任何问题，也是前功尽弃。”翟世鸿说。

2011年4月，一位“女将”带着几个年轻人来到了牛头岛，开始筹建港珠澳大桥岛隧工程沉管预制厂试验室。

这位来自中交四航局的女技术专家叫张宝兰。林鸣说，“是她把这个工程给守出来的”。

如何保证沉管在海底120年的使用寿命？作为混凝土配比领域的专家，张宝兰和她的技术团队被“点将”，开始了漫长而又艰辛的技术攻关，仅混凝土搅拌就进行了数以千次的实验。

张宝兰说，先是在家里做，总部实验室建好后在总部实验室做，牛头岛上的实验室做好后我们又到这里来做，后来又到新会去做，新会做完后又到岛上这里做，反反复复反反复复，变化非常大的是心态，很多人都受不了，有4个小伙子最后不干了，太累了。

沉管由混凝土浇筑，原材料有一点不均匀，就很可能产生裂缝。不仅如此，在顶推过程中，沉管巨大的自重，即使地面稍有不平，也将带来开裂的巨大的风险。

为了保证超级沉管顺利生产，工区先后开展了6次现场小尺寸模型试验，2次足尺模型试验，进行18个人工岛沉箱混凝土浇筑验证，优选出满足超大型沉管性能要求，并具有低水化热、低收缩的混凝土配合比，综合采用多种温控技术，实现从骨料堆放到混凝土入模的全程温度控制。

技术人员对防水的追求严上加严。以石子为例，一般工程要求含泥量不能超过1%，而沉管隧道提出的标准是不能超过0.5%。夏天，预制厂环境温度高达摄氏35度，地面温度高达摄氏50度，为了给搅拌作业降温，建设者们需要在石子堆场加装喷淋系统，并在搅拌时加入冰块……

为了确保沉管滴水不漏，混凝土浇筑必须一次性完成。每一节沉管浇筑时，都需要工人进入钢筋笼里用仪器反复振捣，连续30多个小时不间断地消除混凝土中的气泡，让水“无孔可入”。

2012年8月5日下午3时，浩瀚的南海在骄阳下闪烁着点点金光。

牛头岛，沉管预制厂内，在一阵阵热烈的掌声和响彻云霄的鞭炮声中，林鸣签署了沉管预制厂第一号浇筑令，大桥管理局局长朱永灵按下了第一号拖泵的启动按钮。顿时，雄浑强劲的轰鸣声在这亘古荒凉的孤岛上响起。

随着第一车混凝土倒入拖泵的料斗，首段海底隧道沉管混凝土浇筑开始。经过连续51小时的奋战，8月7日下午6时，欢呼声和鞭炮声再次响起，3281方的混凝土浇筑工作圆满完成，首段世界最大的海底沉管正式诞生！

那天晚上，林鸣请所有技术人员吃了一顿饭。许多人喝醉了、喝哭了，这一步步一点点地“走钢丝”是多么不容易啊！

随着技术的不断熟练，沉管预制的时间逐步缩短。每节沉管分为八个小节段，预制第一节沉管时，第一个小节段耗时长有一个多月。随后，每个小节段的耗时逐步减少，从半个月到10天，并最终稳定在8天一个小节段。

这意味着，两条生产线同时作业，仅仅用时两个半月时间，建设者们便可完成两节巨型沉管的预制。

2016年12月26日，随着最后一方混凝土在牛头岛沉管预制厂中浇筑结束，港珠澳大桥使用的33节海底隧道沉管全部完成施工。6年时间，建设团队创造了百万方混凝土无裂缝、在40多米水压下“滴水不漏”的奇迹。

看不见的“精耕细作”

沉管准备好了，怎么把一节节重8万吨的“大家伙”们放到海底呢？

要知道，在数十米深的海底，水压巨大，再加上洋流暗涌，沉管会不会移位？它的位置如何相对固定？沉降又如何控制？

林鸣说，沉管都是航空母舰的体量，可不是“一放了之”。就像盖房子要打地基一样，沉管也得有自己的“地基”。

什么样的“地基”？专业地讲，它叫“复合地基+组合基床”。通俗地讲，就是在沉管隧道安装之前，需要在海底平整出面积达23.8万平

·“经纬”运料船

方米的隧道基床面，用大型“抓斗式”挖泥船在海底挖出48米宽、最大48.5米水深的垄沟，然后铺上2到3米厚的大块石，用振动锤把块石垄平，最后再平整铺上一层1.3米厚的碎石，形成沉管“沉睡”120年的一条“石褥子”。整个海底隧道基床面达23.8万平方米，基槽碎石方量达56万方。更有挑战的是，“石褥子”的平整度误差要控制在4厘米以内！

难度有多大？

在世界上，还没有哪个国家、哪个工程师团队挖过这样深、这样规模、这样精度的海底基槽！

何况，港珠澳大桥的设计使用寿命是120年。这就要求沉管沉降不能大于20厘米，差异沉降不能大于2厘米！

“复合地基＋组合基床”这个理念也是中国首创。最初，大家并没有想到这个方案。在初步设计中，根据外国咨询公司的意见，沉管地基采用桩柱施工方法的传统方案，就是在海底打桩，上面铺上桩帽，桩帽上面再铺碎石，之后把沉管放在上面。

打桩能在40米深的海底稳住“航空母舰”吗？一开始，林鸣和团队讨论，他们认为打桩是中国人的水下强项，只是具体施工工艺与中国之前做过的桩不太一样。中标后，林鸣凭经验感觉不妥，因为600根钢桩每根都很细，桩上面顶着一个大帽子，8万吨的沉管就放在这上面，在沉管和桩顶帽之间还有一层碎石。基础沉降的均衡值是多少？碎石的参数是多少？在真正做详细设计计算时，问题不断浮现。林鸣决定，不能盲从外国专家的方案。

在他的工程思想里，岛隧工程是港珠澳大桥的重中之重，容不得半点差池。“这个工程是一个只能容许‘零失误’的工程。我们每走一步之前都要先审视风险点在哪里，每走一步都要从找问题出发。”林鸣说。

于是，在2010年中交中标之后不久，林鸣便组织在青岛就桩柱施工法开展典型试验（1∶1的实验）。

试验结果出人意料，关键数据并不支撑施工要求。原本试验目的是验证设计参数，但是试验的过程中却有两个发现。一是外国咨询公司所给的设计参数值远远小于林鸣团队试验的结果；二是试验过程出现严重的沉降变形，石头往两边跑，用专业术语叫不收敛。

这时候，林鸣开始警惕甚至质疑。典型试验可是在静载状况下进行的，如果是动载呢？要是发生地震呢？地震会对隧道在水平面和纵向平面产生变形和破坏趋势，隧道管节的接头会出现差异移动和旋转。那时，工程将彻底失败。

后来，那家外国咨询公司给林鸣团队提供了一套他们的算法，和青岛典型试验获得的数据有很大差异。作为岛隧工程总设计师，刘晓东问："你们的算法以前用过吗？"外国专家没有直接回答这个问题。刘晓东说："当时我心里就紧张了一下，进一步追问：'你们以前做过这东西没有？'他们说：'没有，但是挪威有一个项目跟这个类似。'"林鸣团队随后又找到挪威的项目认真研究，却发现两者差别很大，根本没有可比性。

自此以后，林鸣对于国外咨询公司和专家提出的方案更加谨慎。实际上，随着岛隧工程的不断深入，中国人越来越认识到，即使是外国专家的咨询意见也是旧有经验，是否符合港珠澳大桥实际，需要具体情况具体分析。

为了确保岛隧工程万无一失，他们会把每一个细分的工程方案再分解成数个问题去证明，只要有一个问题得不到解答，可能这个问题就是

风险点所在。

不盲从，用理性和数据说话，用发展的观点看问题，积极鼓励创新。重重挑战之中，港珠澳大桥也给了建设者宝贵的经验。

最终，经过大量调研、计算和试验，岛隧工程建设者创新性地提出“复合地基＋组合基床”的沉管隧道基础方案。

“假如我们没有抛石头，你清淤，越清淤，越扰动，如果受力不好就会跟别的沉管一样出现比较大的沉降。想了很长时间，决定加 2~3 米的块石，用块石作缓冲带，再铺上 1.3 米的碎石，最后我们给这个方案起了一个名字叫组合基床。”林鸣说，水下工程是隐蔽工程，更是良心工程，“基础不牢、地动山摇”，打基础必须精耕细作、扎扎实实。

· 可视化监控系统

有了沉管基槽施工方案，如何把方案在深海下变成现实，又是一道必须迈过的坎。

作为中国一流的工程承包商，中交集团军作战的实力在大工程面前充分展现。在中交集团内，有三家航道局，天航、广航、上航，它们都有能力承担沉管隧道的基槽开挖工作。为了确保工程万无一失，林鸣很早就安排三家航道局开展基槽技术研究和技术交流，展开相互竞争，力争“优中选优”。

事实上，早在 2008 年 12 月，受港珠澳大桥前期工作协调办公室委托，中交广航局就成立了由总工程师曹湘波牵头的科研团队，历时 2 年多开展了“港珠澳大桥沉管隧道基槽开挖工艺及回淤观测试验研究”专题研究。

曹湘波憋了一口气想挑战一下这个大工程。为此，他专门从广州飞到北京敲开林鸣办公室的门，向林鸣表态说能不能参加。对于爱挑战自我的人，林鸣总是很欣赏，他连说：“好好好，欢迎。”

最终，一年的“考验期”后，林鸣明确由广航局承担岛隧基槽的开挖和清淤工作。“我们所做的工作是基础，是在水下，所以大家平常看不见，也摸不着，却是工程成败的关键。”曹湘波说。

在沉管安放中，有两大要素与基槽工作息息相关。一个是沉降的控制，要求在基槽开挖时尽量将基槽的槽底开挖得平整，从而减少沉管安放后的不均匀沉降。二是槽底要保持相对清澈干净的水环境，这样沉管才能下得去。

对于这两项指标，设计给出的要求是，基槽开挖偏差不超过 0.5 米，也就是不超过 50 厘米；二是槽底的水密度不超过 1.05 千克 / 立方米。

“不说其他，仅仅这两项指标对我们来说都是超乎寻常的。”曹湘波说。

从问题导向出发，要确保开挖达到这样的精度，林鸣认为需要通过现场的实验才能解决。按照他的想法，曹湘波带领团队在岛隧工程将来开挖的地方提前进行了试验性的开挖，以1/4的比例挖了一个试挖槽，对包括施工工域、船舶设备的选择和改造都进行了系统性的研究。

"林总要求非常高、非常细，每个环节都要推敲、论证。"曹湘波记得在一年多的研究准备期里，讨论最热切的时候，他十天之内跑了三趟北京，有一次是刚回到广州，林鸣一通电话说你明天再来一下，没几个月就跑成了航空公司的金卡。

再说说那两项指标。先说开挖的偏差不超过0.5米。过去，中国的航道局都是主要服务于航道的开挖，是服务于船舶航船的。开挖的深度一般不超过30米，偏差两三米很正常。超深、超宽的航道甚至达到4米偏差的也有，这也符合行业规范。然而，港珠澳大桥岛隧工程要求基槽开挖最深将近50米，还要将偏差控制在0.5米以内，这是前所未有的突破，特别是在珠江口风浪肆虐的外海，这更像一个"不可完成的任务"。

此外，在深海开挖与江河水道开挖也有不同的特点。航道一般是顺水流开挖，而岛隧工程中的沉管隧道为东西走向，与广州港出海航道几乎垂直，这就意味着施工船需要垂直下挖，顶流作业。施工海域洋流湍急，最大时速高达4节。开挖船在如此湍急的洋流中施工，不仅施工工艺完全不同，还得时刻防止因洋流原因导致走锚造成定位不准、出现定深偏差等情况，可谓难上加难。

不仅如此，过去航道水密度达到1.25千克/立方米都可以航行，甚至许多航道只要深度达到，对水密度的要求并不高。但港珠澳大桥岛隧工程要求达到1.05千克/立方米，这是隧道行业要求的极高精度，意味着清淤的标准相对整个行业提高了20%，而且珠江口属于泥质海滩，长年受台风、大激流的影响，再加上周边采砂作业频繁，回淤相当严重，可以说是变幻无常。

怎样达到这两项指标？曹湘波说，也想借鉴一下国外的先例，可是找来找去相似的工程只有韩国釜山大桥。对于釜山大桥，林鸣印象深刻，他的收获只是远远拍摄的照片，至于如何进行精挖和清淤，那可是外方“严防死守”的秘密，没有半点公开信息。

怎么办？在林鸣的鼓励和“施压”下，针对港珠澳大桥岛隧工程开挖精度要求，经过烦琐的比对和试验，曹湘波决定向自身施压，激发潜力。后来在总结“成绩单”时，广航局的“成绩单”上有一条就是“开发了外海深水基础施工成套技术和装备”。

在隧道基槽精挖施工船型的选择上，广航局决定选用国内自主设计建造的最大型抓斗式挖泥船“金雄”进行“精挖”。“金雄”的抓斗重达110吨，相当于100辆小轿车的重量，斗身高近4层楼，巨大的抓斗张开时最大宽度可达9米，一斗下去，30方的斗容量“可以把一个10方的房间都填满泥”。可以想象，在海底这样一个受水流等自然条件影响极大、变幻莫测的世界里，“金雄”这只“巨手”只要伸到海底“随便一抓”，都很可能会出现一两米的误差。

如何让“庞然大物”能“海底绣花”，还要“绣”得精致工整？

答案是：智能化，让中国自己的设备变得更智能、更聪明。也就是说，要通过技术改造为“金雄”装上“慧眼”，同时还要让它的“大脑”更聪明，能灵活地指挥“大手”干活儿，这样才能彻底解决“金雄”深海作业“看得见”“控得住”“测得出”这三大作业难题。

随后，对一批参与沉管基槽隧道施工的作业船舶进行了技改。像“金

雄”，就有了“精挖直接数字控制系统”。挖泥操作手只要在挖泥室的操作控制面板输入挖深数据，就能准确地控制挖泥过程，监控人员也能通过传感器和监视器及时获取抓斗的挖泥轨迹，并能准确地检测出抓斗船下放的实时数据。

2011 年 4 月 13 日，“金雄”船长唐少鸣右手握着操作手柄轻轻往前一推，“金雄”110 吨重的巨斗稳稳张开没入海水中，开始港珠澳岛隧工程第一节沉管 E1 段精挖。

这是港珠澳大桥岛隧工程沉管隧道基槽实施精确疏浚的“第一挖”，也是挑战世界级施工难度的“第一挖”！

稳、准、精，事实证明，后来这“看不见”的“每一抓”，“下手”力度都“刚刚好”，误差没有超过 0.5 米。

不仅如此，中国的工程师们还开发出了新型碎石整平船——中国首艘高精度深水自升式整平平台“津平 1”。这也是世界上最大的和唯一一艘具备清淤功能的平台式抛石整平船。

“当林总把任务交给我们时，我们甚至都不知道他让我们做的那个整平船长什么样子。”上海振华重工海上重工设计研究院生产设计所副所长何可耕说。

其实林鸣对整平船的了解也有限，他所有的了解也只不过是来源于在韩国釜山海上远远的瞭望和那一张韩国人使用的抛石整平船的远景照片。

“津平 1”就是在这样的条件下由中国人自己研发的，它具有集定位测量、水下抛石、深水整平、质量检测于一体的高精度铺设整平装备。

2012 年 3 月 16 日，“津平 1”首秀。

这一天，在碎石基床上，技术人员随机选取 100 个检测点，“津平

1”的抛石管及附着其上的声呐潜入水下。基床上哪一处有坑深，抛石管就会多停留一会儿，多倒些石料。

·碎石整平头

结果出来后，林鸣非常满意，各国专家也非常惊讶。96个点的平整精度达到要求，基层精度控制在4厘米之内。

更神奇的是，“津平1”改变了国内外关于深海碎石作业精度难以控制的观念，再后来E13沉管基床抛石的精度甚至达到了2毫米，创下世界纪录！

有人问，那么多工序，精度都控制在毫米级，有没有这个必要？

林鸣说，有！因为“这个工程是我们给后代留下的一个符号”。

刚性？柔性？

2012年11月17日凌晨5点，港珠澳大桥岛隧工程总设计师刘晓东的手机上收到一条短信：“尝试研究一下半刚性。”发信人是林鸣。

半刚性？这是什么东西？

让我们从沉管隧道的结构设计说起。

自1928年人类工程史上修建第一条钢筋混凝土沉管隧道以来，沉管制作的“工具箱”里只有刚性和柔性两种结构设计。对于工程人员来说，只要修建沉管隧道，其结构设计似乎只有这两种选择。

什么是刚性和柔性呢？

刘晓东用积木给出了通俗易懂的比喻：“刚性特质结构好比一块长

条积木，而柔性结构好比乐高那种小块积木拼接的积木条。刚性特质缘于是整体结构，使接头漏水的概率减小，但如果基底出现沉降，大体量沉管受力不均匀从而出问题的概率也随之增大。而柔性结构是用小管节串成一个大管节，比刚性结构应对沉降有明显优势。无论选择哪种结构，最终目的都是为应对地基发生不均匀沉降时，最大程度减少对海底隧道的影响。”

然而，已有的工程记录显示，刚性和柔性这两种结构体系的沉管隧道都是浅埋隧道，沉管回填及覆土厚度在2~3米。而作为世界上唯一一条深埋沉管隧道，港珠澳大桥沉管隧道最深沉放达到水下44.5米，上面还有20多米覆盖层，超过浅埋沉管5倍的荷载。

· 基槽清淤头

在大桥前期设计阶段，国际知名岛隧咨询公司的专家们比较过刚性和柔性两种结构，认为无论哪种方案对港珠澳大桥隧道都存在一定的问题。

从结构设计来看，如果采用刚性方案，33节每节长达180米的沉管管节很可能在复杂多变的海底环境中因为受力不均而开裂。一个管节有多个接头，随便哪个接头遭到破坏，其后果都不堪设想。如果采用柔性方案，即使允许沉管发生小规模扭转，但要在120年内控制回淤物厚度，就必须每隔几年就进行一次清淤回填，不说清理的难度，光说维护费用就要几十亿元人民币，成本巨大。

工程师们通过大量计算分析发现，在20多米的覆盖层、超过传统概念沉管5倍的荷载情况下，采用传统的刚性或柔性结构体系，沉管结构安全难以得到保障。那么，沉管隧道究竟该采取什么样的结构设计？在刚与柔之间，能不能找到一个平衡点？

按照国外隧道专家的建议，有两种“深埋浅做”的方案：其一是在沉管顶部回填与水差不多重的轻质填料，这需要增加十多亿元人民币投资，工期也将延长；其二是在120年运营期内控制回淤物厚度，进行维护性疏浚，维护费有数十亿元人民币。

代价高昂，中国工程师心有不甘。

“深埋浅做对工程虽然有了交代，但代价很大。作为工程师来讲，我内心就是一种‘于心不甘’的感觉。能否从结构设计上找到一条出路？从2012年年初，我和设计团队一直在寻找一种可替代结构体系，希望为工程找到一条出路。”林鸣说。

干工程的时候想，休息的时候想。通过查阅世界范围内的相关资料，林鸣和团队开展了大量计算分析研究。但直到2012年11月中旬，都看不到第三条路的前景。

这段时间里，整个团队都非常困惑，很多人对这条路能否走通产生了怀疑。那段时间，林鸣内心也非常矛盾，总是在想这条路是否还要走下去、如何走下去？这些问题日日夜夜困扰着他，为此他常常难以入眠。

2012年11月17日，这一天被林鸣称为“一个非常特殊的日子”。

研究工作快一年了，所有的尝试都几乎进了死胡同。那天林鸣几乎一夜没睡。

冥冥之中，苦苦的思索在这一天凌晨的静谧时分化成了一道灵感的火花。林鸣被击中了，第三条路，半刚性啊！

·清淤船“捷龙”轮

“凌晨5点左右，我的脑海里闪现出了半刚性这个概念。”这个概念，林鸣当时没有想过，这又是一个世界级的全新创举。

按照林鸣的设想，所谓半刚性是保留甚至强化串起小管节之间的钢绞线，加强小管节之间的连接，使180米长、由4个小关节连接而成的标准管节的变形受到更大的约束。

“如果还用积木举例子，就相当于用小积木块拼成积木条的同时，在每两节积木块中间用松紧带连接起来，让它们实现既分离又相互间有联系。”中交港珠澳大桥岛隧工程项目总经理部副总工程师高纪兵说，这能有效增强深埋沉管的结构安全性，增强深埋沉管的防错位能力。

这个新理念让整个团队兴奋不已，大家又燃起了希望。仅仅30多天，设计团队就完成了《半刚性沉管结构方案设计与研究报告》。

然而，正如一颗小小的种子要想长成参天大树，首先就需要顶破厚厚的泥土一样，半刚性这一新生事物也需要证明自己到底能不能行。

“半刚性一经提出就遭到了国内外诸多同行专家的质疑，有时候说服专家并取得共识好像比技术论证还要难。”林鸣说，半刚性刚一提出就被外国专家批得“体无完肤”。颠覆传统结构概念可不是一件小事情，新的结构又是由第一次承担沉管设计的年轻团队完成的。国外权威专家毫不掩饰地表示反对：“没有经验，你们有什么资格来创造一个新的结构？”

从2012年年底一直到2013年8月，200多天的时间里，林鸣和团队“备受煎熬”。外部的质疑声不断，不放心的信息从各方传来。这样的氛围下，整个团队都有些沮丧。

这个时候，林鸣没有消沉，没有回避。作为团队的灵魂，他必须比任何人都坚定，都乐观。

“如果相信半刚性是一种科学的方法，而我们没有坚持，我们就是没有尽到责任！”林鸣说。于是，顶着巨大的压力，设计团队夜以继日地细化方案的设计工作，组织模型试验，努力从原理上验证半刚性结构，澄清外部各方疑问。

为了证明半刚性的科学性，项目部邀请了国内外6家专业研究机构进行“背对背”的分析计算，从模型试验及原理上论证“半刚性”的结构。两年的时间里，共开展33项试验研究，开发了14套系统和装备，最终形成了具有自主知识产权的《港珠澳大桥外海沉管安装成套技术》。

经过两年的坚持，国内外专家的结论接近趋同：中国人的方法是一种科学的方法。世界百年沉管结构的工具箱除了“刚性”“柔性”以外，又增加了一种技术手段——半刚性。

事实证明，采用半刚性结构预制完成的沉管隧道基础沉降、水密性都达到了世界最好水平。接下来，在沉管沉放安装的4年多时间里，半

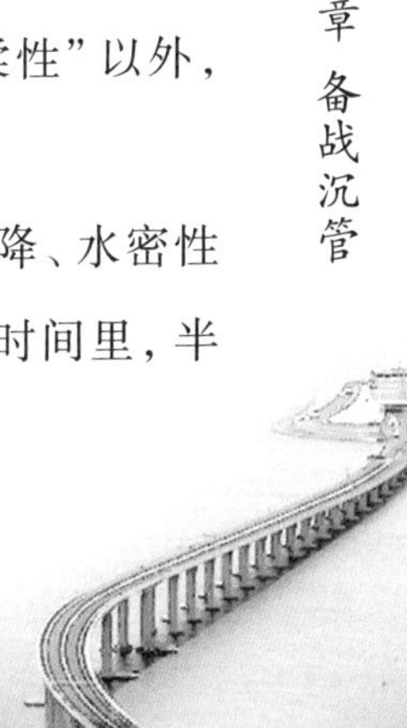

刚性的结构也证明了林鸣团队的坚持没有白费：33 节沉管隧道滴水不漏！

不仅如此，半刚性这套技术还利用智能建造提升感知能力、预测能力、控制能力和作业能力，让工程环境做到可知、可控，海底施工做到可视、可测，变力所不能及为力所能及，一举实现了中国外海沉管安装技术从零到领先的跨越。

第五章 沉管之战

伟大的事业是根源于坚韧不断地工作，以全副精神去从事，不避艰苦。

——罗素

LINGDINGYANG SHANG DE TALANG ZHE

伟大的事业是根源于坚韧不断地工作，以全副精神去从事，不避艰苦。

——罗素

2013年5月2日，E1，第一节沉管，下水安装。

从此开始，林鸣和团队开始了4年多最煎熬的时光。从E1到E33，33节沉管都像他的孩子。要把一个个“孩子”放到它们该去的位置，让它们能承受风吹浪打的考验，却绝不是那么轻松的。

来看一组数据：每节沉管平均180米，有两个足球场那么长，宽近38米，高11.4米，平均重量近8万吨，相当于一艘中型航母。

这样的“庞然大物”光想一想，就知道要挪动一下是多么困难，何况要在洋流湍急的水下？更何况还要精准对接，控制沉降？

安装这33节沉管，从E1到E33，共用了4年时间。

在林鸣的办公室里，除书桌、沙发和茶几这样的标配外，还有一块在许多媒体报道中都出现过的白板。上面层层叠叠地贴着每天更新的各种资料和技术数据：工程进展、隧道沉降量、泥沙回淤量……

在工程最难的环节——沉管安装的4年里，每天早上6点刚过，林鸣就召集项目人员在白板前分析此前的技术数据，安排下一步的安装工作。

那是1400天的不懈坚守。

白板上面各种纸片，一层摞一层，密密麻麻，写着各种数据、文字。对于特别要关注的地方，还有要做的工作，林鸣会写在白板上时时提醒自己注意。更重要的是，白板也是见证林鸣和技术人员每天晨会时对沉管安装各种相关信息进行商讨的“证物”，上面有数据分析，也有方案探讨。

按照国际上一般的做法，外海沉管隧道的沉降可以控制在二三十厘米，但港珠澳大桥的沉管沉降要求不得大于20厘米，差异沉降更不得大于2厘米，这不是只管十年八年的要求，按照港珠澳大桥设计使用寿命，这是120年的要求！

林鸣说，自己是起重班班长出身，33节沉管每一节的安装都要自己亲自来放到海槽里对准放稳，这是他对沉管安装的承诺，对自己的承诺。

在这4年多时间里，每一节沉管安装，林鸣都一盯到底，最短16个小时，最长连续96个小时。

96个小时的“钉”守

2013年5月6日，沉管隧道施工迎来了历史性时刻。

“5毫米、4毫米……1毫米，拉合结束！”经过几秒钟的数据确认，现场掌声雷动。上午10时10分，港珠澳大桥海底隧道首节沉管E1安装成功，与西人工岛实现精准对接。

这是世界最大海底沉管隧道的安装“首秀”。在正式安装前，林鸣再次用了“新”字来形容自己，一是“新手上路”，二是“新司机开车”。反正就是第一次，干啥都是全新的，干啥都“没有手感”。

为了这全新的第一次，林鸣在脑子里像过电影一样把整个步骤都翻来覆去想了很多遍，还请来了三位外国顾问进行指导。后来，感佩于中国工程师的韧性，其中的日本顾问也一直留在施工现场工作，直到港珠澳大桥岛隧工程完工。

不过，尽管做了充分的准备和演练，林鸣仍然没想到，这次安装将成为他职业生涯中最长的一次连续奋战——96个小时，无休无眠。

回到96个小时之前。112.5米长、4.7万吨重的首节沉管E1准备出坞。在复杂的外海环境和海流影响下，首节沉管的浮运安装可谓经历了“奇幻漂流”，其过程极为艰难……

出坞——万吨沉管“开门”入海。5月2日16时30分，经过两个小时紧张奋战，在“津安3”“津安2”沉管安装船组的提带下，E1管节通过坞内带缆，顺利通过深坞坞口，进入伶仃洋外海等待区。“津安2”“津安3”两艘安装船上有8台国内最大的120吨绞车，以及预制厂内6台卷扬机。

浮运——拖航规模世界罕见。5月2日14时，E1沉管在深坞坞口完成编队，由1艘6900匹、1艘6800匹和2艘5200匹大马力全回转拖轮进行吊拖，4艘全回转拖轮进行帮拖，船队平缓驶离桂山岛深坞区后，开始了近11个小时的海上之旅。

·沉管浮运

5月3日凌晨1时，伶仃洋水域从波浪翻滚转为潮流渐缓，壮观的拖带作业船队保持均匀航速，逶迤前行。岛隧工程首节沉管浮运作业顺利完成，到达沉管系泊区域。

在下沉的过程中，通常在距离基床1米的时候就开始调整沉管的姿态，通过声呐系统测量沉管与暗埋段的相对位置，然后用缆绳进行调整。调整位置过程非常缓慢，直到4日上午6时左右，沉管才基本调整到位。

接下来，施工人员开始“深海初吻”前的一系列试验性沉放与对接的准备。工人们拆除沉管周围橡胶止水带的防护罩，首先由潜水员进行海中保护罩底端螺栓拆除，再由岛头吊机吊装拆除。随后，在沉管的上方装一个拉合千斤顶，对接的时候该千斤顶与安装在暗埋段的另一部分“握手”，两个管节初步对接在一起。

5月4日下午3时许，随着往沉管内的压载水箱注水，沉管缓缓往下沉。当沉管缓慢沉放抵达海底基槽时，所有人始料不及的情况发生了。施工人员发现海底预先铺设好的基床比原来高出了近5厘米。而在潜水员4月30日的测量时，基槽高度是符合要求的。

因为是第一次安装，本来大家都心里没底，担心紧张焦虑过后，现场的空气也凝重了起来。由于海底水流比较复杂，暗埋段两边的围岛钢圆筒使海流形成小漩涡，泥沙被带到原来已经铺设平整好的基槽上，使得其比原来的高。

这时，管节出坞已接近30个小时。没有人知道拉锯战将会持续多久。大家用凉水洗脸，往脸上抹风油精，每一个人都神经持续紧绷。

林鸣彻夜未眠，一直盯在现场。他说：“盯在这里会踏实一些。”

4日晚上，几十名潜水员不得不在非常恶劣的环境下，轮流下海，用双手一寸一寸清理基槽淤泥。

“12 小时不睡还行，24 小时就很困了，到了 36 小时就只能靠往眼皮上抹风油精，硬撑。”尹海卿说。

心底焦灼，林鸣表面指挥若定。像在建设润扬大桥时一样，他搬了个凳子端坐在安装船的甲板上，一直紧盯着现场的每个细节。

“要相信我们的能力，沉管安装施工方案经过了多次专家会论证，理论上肯定是可行的。第一次大体积的沉管安装，肯定有挫折。这次安装不成功，大不了我们拉回去重来。”关键时刻，林鸣展现了他的大将之风。

沉管第二次放下去，管节仍然高了。

· 沉管浮运决策会

“高出 11 厘米。”据参加首节沉管安装的港珠澳大桥管理局工程部副部长钟辉虹回忆，当时大家已熬了两个通宵，时间过去了 56 个小时。

在要不要第三次沉放时，发生了激烈的分歧，最终决定“放！”

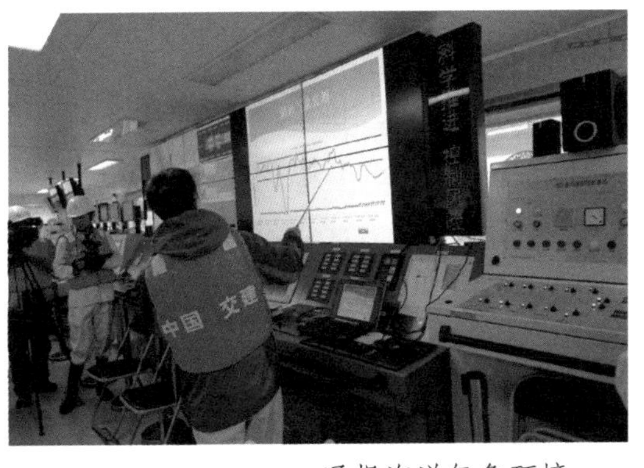

· 通报海洋气象环境

5 月 6 日上午 10 时许，两艘沉放船一前一后横跨在沉管上方，施工人员通过沉放舶上的操纵系统，往沉

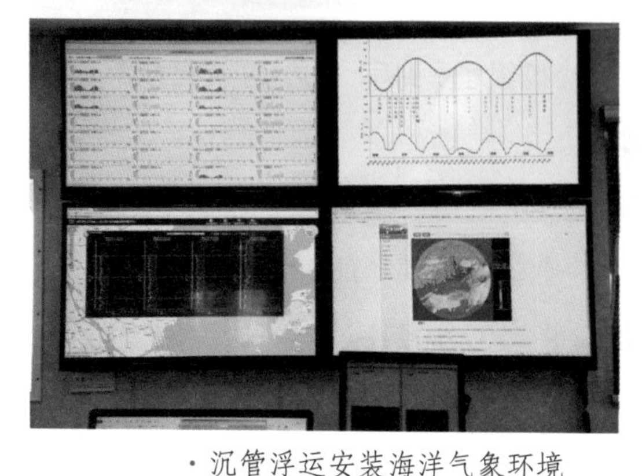

· 沉管浮运安装海洋气象环境

管内的压载水箱注水，沉管缓缓往下沉。安装船总船长刘建港在中控室里屏住呼吸，缓缓移动着操纵杆，沉管1分钟放下1厘米！

船管脱离的那一刻，所有的人都把心提到了嗓子眼，造价1亿多元的沉管，失败了不敢想象！

夜幕降临，西人工岛对接施工现场灯火通明，在沉管沉放基本到位后，通过沉管对接精调系统和沉管对接拉合系统进行精准定位和毫米级对接。

“5厘米、4厘米……2毫米、1毫米，拉合结束！”现场掌声雷动，大桥首节沉管E1和西人工岛实现“初吻”。连续鏖战96个小时的团队队员们紧紧相拥！

在这96小时里，有人困倦难熬，有人想要放弃。而林鸣则是静静地守在安装船上，双目凝视着海面，仿佛一根“定海神针”，稳定着建设人员的心。

对于港珠澳大桥岛隧工程的建设者而言，总工程师林鸣就是他们的精神支柱。港珠澳大桥岛隧工程V工区常务副经理宿发强说：“有林总在那里守着，大家就是一句话，努力干。”

96个小时后，林鸣也没像大家所想的那样，回去睡上两天两夜补觉。“也就是休息几个小时，没时间大休息啊。”林鸣记挂着这96个小时，他召集团队展开复盘。

林鸣明白，尽管最终安装成功，但第一次安装花费96个小时还是给团队带来了不小的压力。林鸣的心理压力也很大。后来，每次出海安装沉管，林鸣说，自己走出宿舍的时候，都会回头看上一眼，心里想是不是还能够回来。

后面还有32节沉管在等着他们。林鸣很清楚身上扛着什么样的担子。越是这种压力如山、风险四伏的时候，林鸣却越发显得沉静。

“如果我都表现得特别担心和焦虑，那下面呢？岂不是更担心和焦虑？带着这样的情绪做工程能做好吗？”林鸣说，所以他不能急不能慌，关键的时候还要安慰他们，要展示信心、稳定军心。

也许，这就是帅所以成帅的原因。有其在，如定海神针，三军稳固。

两度出征“战回淤”

2014年年底，林鸣说自己“碰到世界性难题了”。

说起来很玄妙。林鸣说，33节沉管安装过程中，逢五、逢十常常会发生比较大的故事。

这一次，故事的主角是E15沉管，那个后来被林鸣称作“著名的”沉管。原来，在安装E15沉管时，海底泥沙回淤异常，两次遭遇回淤被迫停工，历经三次安装，成为所有港珠澳大桥岛隧工程人都绕不过的话题和记忆。

11月15日，E15沉管首次“出征”，浩浩荡荡地向伶仃洋深处进发。十几个小时后，沉管抵达沉放区域。

正进行各项安装准备时，潜水员下水检查后回报的一个消息，让安装船指挥室的气氛瞬间凝固：意外发生了！管节基床出现一股从未有过、来历不明的超强回淤，平均厚度达4厘米，潜水员用手拨都拨不开。

此前，E15基床12日刚刚整平完，13日通过监理验收。也就是说，

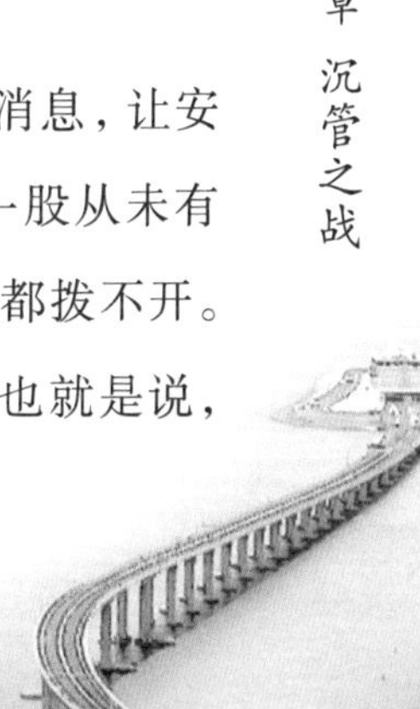

在短短的24小时内，一股强烈的回淤覆盖住了整个E15管节的基床。

沉管安装最怕海底基槽淤泥回流。如果强行安装，万一基床上的淤泥让沉管发生滑移，对于设计使用寿命120年的港珠澳大桥来说，未来可能是致命的隐患。

意外发生了。副总工高纪兵说，在前14个管节的安装中基床出现过回淤现象，但没有超标的。

林鸣迅速召开团队会议。会上，三种方案摆在与会者的面前：1. 计划不变，继续安装；2. 暂留附近海域，待清淤后安装；3. 停止安装，沉管回撤。

参与决策会的人都经历了漫长、纠结且痛苦的过程。谁都知道，无论是哪一种方案都隐藏着意想不到的风险和挑战。

“几百人干了一个多月，花了如此大的人力和成本，怎么能拖回去？”言外之意是继续。

“国外同类沉管工程对接精度也有放宽到8厘米，4厘米的回淤给隧道质量带来影响应该不大，咱们是不是可以试一试？”弦外之音是尝试。

基床回淤后要挖掉重新铺设，直接发生的费用以千万元计；沉管回拖一次也要几千万，加上海事部门配合浮运的近20条护航船以及拖轮的费用，都将对工程产生巨大财务压力。

总指挥林鸣比任何人更清楚回撤意味着什么。

“基础不牢，地动山摇！ 如果强行安装，万一基床上的淤泥让沉管发生滑移，对于设计使用寿命120年的港珠澳大桥来说，未来可能是致命的隐患。”林鸣接着说，尝试也不可行，如果对接存在误差，8万吨的沉管一旦沉到海底，目前世界上没有任何一台设备可以把沉管提起来。

以往基床的碎石垄沟有空隙，浮力可以保证沉管再次浮起；而现在基床上粘有一层4厘米厚的淤泥“垫子”，真空效应将产生强大的吸力，同时加上40多米深的水压，沉管根本就提不起来。

思考再三后，林鸣否定了继续安装的提议。于是，暂留海域等待清淤的方案被摆上议程。

“E15沉管的基床有7000多平方米，从潜水员的报告来看，是大面积的回淤，短时间内清淤恐怕无法完成。”

“据气象部门预告，未来24小时伶仃洋海面风高浪急，沉管能不能长期滞留在无遮挡的外海？”

“看来沉管只有回撤了……”

回撤？将已经出坞的巨型沉管往回拖，全世界都没有先例！

如果出现意外，不仅是价值上亿的沉管报废，更严重的是会影响到航道的航运，珠江口是中国最繁忙的航运水域，每天船舶流量有4000

· 沉管拖航编队完成

艘次……

当时，林鸣团队手中只有一套回撤的应急预案，12 条拖轮只有往前拖的经验，而回拖沉管完全是另外一套操作程序。听起来哪一方面的意见都有道理，究竟该怎么办？

作为指挥长，林鸣承受着巨大的压力。深思熟虑后，他下达了回航指令。“撤吧！沉管回坞！”

听到这个消息，整个浮运安装团队士气低落。

“内心都是崩溃的，虽然每次都会有失败的预案，真要回撤还是无法承受的。但失败意味着什么大家都清楚，谁也承担不起责任。”沉管安装船总船长刘建港说。

为了提振士气，林鸣特地找来一台摄像机，让每一个关键岗位的负责人对着镜头立下“军令状”：

“保证完成任务！”

“有没有信心？”

“有信心！”

稳住军心，战斗打响。17 日 18 时，E15 沉管正式回撤。海上掀起了 6 级海浪，一米多的大浪猛打到作业工人的胸脯。这么恶劣的浮运自然条件，又是第一次尝试回拖沉管技术，再加上紧张、担心、焦虑等各种情绪因素，靠什么来战胜风险挑战？

顶着寒潮大风巨浪，大家齐心协力地投入不眠不休的连续战斗中。

11 月 18 日 9 时，经历了艰难的海上旅程，E15 管节返回桂山牛头岛沉管预制厂。

林鸣说，回拖成功，最重要的是要有对工程负责的坚定信念，以及预测风险的能力。“如果我们不尊重科学，不暂时放弃，就会给整个工程带来巨大的风险。虽然战非必胜，但是决不可轻易言败。”

E15 沉管第一次出征受挫，让这位岛隧工程总负责人陷入苦苦的思索：E15 沉管碎石基床 12 日刚刚铺设完成，13 日通过监理验收，15 日上午又进行了实地探摸，只发现少量回淤。短短几天里，回淤增大且回淤物形态发生根本性的变化，原因何在？

“必须查清回淤原因！”林鸣要求，“同时还要建立一套回淤预警预测系统，为后续沉管安装提供保障”。

泥沙问题是海洋工程的关键，因为它神秘莫测，海洋工程师们都把它戏称为一门“玄学”。

在国家交通运输部协调下，天津水运工程科学研究院、南京水利科学研究院、中山大学、中交四航院等国内 25 位专家汇聚一堂。中交四航院副总工程师梁桁是港珠澳大桥岛隧工程沉管基础监控的负责人，

· 外海沉管浮运安装：拖轮系缆

他说："我记得特别清楚，第一次开会时，我国著名的泥沙专家、78 岁的王汝凯大师说：'我们不是来这里做科研的，而是要用大会战的方式解决工程遇到的问题。'"

之后，"隧道基槽泥沙回淤专题攻关组"成立。

专家组先后召开数十次专题会，8 次集体会诊施工现场，在周边 120 平方公里海域布设 6 组固定监察基站、24 组监测仪器。为弄清楚上下游泥沙的因果关系，现场技术人员开展每天 18 公里长距离巡测，即每隔一公里取样检测一次，每天取样 18 个点。

实测数据有三个重要发现：第一，这片海区的水体含砂量异常，从原平均值0.1公斤每立方米含砂量上升到0.5~0.6公斤每立方米；第二，海床表面物质发生了粗化现象，原因不明；第三，项目所在的伶仃洋部分水域呈微淤态势。卫星遥感信息进一步证实，隧道基槽以北 17~18 公里范围海域有大面积浑水分布。

这是我国海洋泥沙领域从未有过的深度研究。此前，我国的泥沙研究，大都以年或者月为时间单位，研究的淤泥厚度都以米为单位。如今，专家们研究的时间单位缩小到天，研究的淤泥厚度单位缩小到厘米。

在完成 200 组地质取样普查、30 多次密度检测、持续奋战了几个月后，专家组得出了统一的结论：海底突然出现的回淤，主要来源于上游海域采砂船采砂洗砂产生的悬浮物。

当工程师们到达浑水区域时看到，有 70~80 条采砂船正在作业，珠江海域往日清澈的水面变得与黄河水一样浑浊，水面含砂量为 1.58 公斤每立方米，而之前只是 0.02~0.05 公斤每立方米。

随着国家提高对工程质量要求的标准，减少砂的含泥量首当其冲，这些采砂船直接在现场边采边洗，事实上导致上游有一群人在不断地搅和海水，使泥沙翻卷向下游袭来。正是采砂船向南移动了15~16公里，而之前则在更北的30~40公里处采砂，直接改变了珠江口局部水域丰水少砂的规律。

在这个区域作业的采砂船都持有政府批准的合法文件。面对港珠澳大桥这个国家工程，广东省政府全力协调各方利益关系，果断决定：一定要确保国家重点工程——港珠澳大桥顺利施工，立即停止采砂，停止采砂时限从2015年2月11日到5月1日。

2015年春节悄然来临，在广东省政府支持下，广东海事局会同海洋与渔业局、大桥管理局对采砂作业进行了协调，7家采砂企业近200艘船舶在不到两天的时间内全部撤离了现场。

· 沉管浮运指挥（右2为林鸣）

2015年2月24日，大年初六，风平浪静、海流舒缓。沉管安装的“窗口期”来临，E15再次出征伶仃洋。

距离第一次拖回沉管已经过去了4个多月。在停工期的春节，几百人的团队一天也没休息……

浮运路程过半之时，深海之下突如其来的意外再次降临。

探测系统发现，基床东北部出现大面积不明堆积物，总量达2000方，厚度高达60厘米。现场技术人员分析，淤泥是基槽边坡回淤物堆积过厚造成的，近三分之一的基槽已经被淤泥损坏。

为确保这次沉管能够顺利安装，项目部做了238个风险管控点，非

常详细，把能够想到的，用头脑风暴法，全都想到了，可以说是做足了万全准备，而且之前收集的所有信息反馈也未发生异常。

几个月持续努力宣告白费。满怀的希望瞬间破灭，心中的热情降到冰点，在场身经百战的工程师和专家们，在寒风中流下了眼泪。

原来，当第一次出现回淤后，施工人员清理了基床槽底的淤泥，而基槽边坡上面覆盖了一层薄薄的回淤物，当回淤物受到外力扰动后发生了雪崩般的"塌方"。

"我们之前的认识不足，加上世界沉管隧道目前没有边坡清淤的先例，对风险的认知总是一个不断总结和积累的过程。遇到这样大面积的泥沙回淤，只能返航。"林鸣说。

E15 节沉管的第二次出征，只走到三分之二的路程。

"返航"的决定让现场霎时气氛凝重，一片沉寂。"当时心情特别难受，忍不住地直掉眼泪。"宿发强说："第一次出航非常艰难，200 多人的团队连续 72 个小时不睡觉，巨大的压力已经接近人的承受极限。而这第二次，500 多人从大年三十等到正月初七的作业窗口期，没有想到又出现塌方返航，心不甘呀！"

林鸣也心情沉重。他清楚地记得，当他说完"看来我们这个船队可能要回撤"时，现场很多的干部和员工，眼泪止不住地流下来。

"哭，全哭了，全都在抹眼泪……"选择了前方，就必然要风雨兼程。哭完了以后，大家又穿戴好安全防护衣，还得把沉管再拖回去。

25 日上午 10 点，E15 沉管回到沉管预制厂完成系泊。

每个月，工程师们仅有一个短暂的作业"窗口期"。

沉管安装的海洋环境、天气信息预报是由国家海洋环境预报中心提供的，浮运沉放要满足天气、海洋潮汐等各项条件，苛刻条件与发射卫星差不多。

3月24日凌晨，浮运船队携E15沉管第三次踏浪出海。

桂山牛头岛浓雾弥漫，又一轮冷空气正在袭来，但建设者们个个摩拳擦掌，激情满怀。此前两次安装遇阻时，不少专家、技术人员当场洒泪，仅仅一个月后，这支队伍面貌一新、士气昂扬。

26个小时，经浮运、系泊、数轮沉放、观测、调整，E15沉管姿态完全可控，缓缓沉入40多米深的海里，并和此前已安装的E14管节完美对接。

三征伶仃洋终于告捷，安装船上建设者们的掌声经久不息，绚烂的烟花照亮了伶仃洋的夜空。

“经历了这么多困难才取得的成功，就显得更加珍贵！这样的困难都能克服，我们还有什么困难克服不了！”林鸣说出了全体建设者的心声。

失败，让人痛苦，但也给了有心人创新的机会。

E15沉管“三次安装两次回拖”，让林鸣有个强烈的愿望，如果有一台高精度清淤设备就好了，“既能把50米海底基床上的淤泥清理干净，而且不会让基床上的一颗石子移动”。

上海振华的王学军接到了林鸣的电话：“我们遇到了回淤问题，风险大得不得了。你们能否尽快研发出一套适合外海深水恶劣工况的高精度清淤装备和技术？”

王学军是上海振华重工集团海工机械研究所副所长，因主持设计港珠澳大桥岛隧工程的抛石整平船等关键设备，获中交科技进步特等奖和建设功臣称号。他回忆：“当我就此事第一次到珠海见林总时，他首先提出能否在整平船上加装一套清淤装置的设想。为了完善这套系统

的设计，之后我们多次交流思想，因为做工程的人才最明白他们想要的是什么东西，而上海振华则是通过装备研发的实力，把他们的想法变为现实。”

“从设计角度讲，这个设备的关键点是要实现定点高精度清淤，而把清淤设备嫁接到整平船是个好主意。”王学军认为，“整平船可以实现碎石整平的精度，如果在清淤头部加装两个水泵，道理上可以完成高精度清淤。只不过一个是抛石，一个是清淤。”

为此，上海振华迅速成立一个 200 多人参与的“零号工程”项目组，从方案设计到物资采购，再到设备制造攻关。最终，从林鸣提出想法到最后成功研制深水高精度清淤设备，仅仅用了 4 个月。

“每一步都是第一步”

2013 年年底，身体一向硬朗的林鸣病倒了。

在筹备第八个“孩子”——E8 沉管安装的关键时刻，林鸣因劳累过度，鼻腔大出血，4 天内实施了两次全麻手术。

醒来后，他做的第一件事是了解沉管安装的准备情况。在医院期间，他就在走廊里“不听劝阻”地来回走，为的是锻炼身体回去工作。未等身体完全恢复，他又匆匆回到工地，昼夜监控施工全过程。等沉管顺利沉放对接后，林鸣才下船复查身体。

林鸣的儿子林巍也在港珠澳大桥岛隧工程项目部工作。他说，心里想劝父亲，可是知道劝不住。“让他回去休息，他比在工程现场还焦急，还不如到工地上踏实。”

林鸣的心，一直跟沉管隧道系在一起。

“工程建设就像走钢丝，每一步都是第一步，容不得半点马虎。”这句话一直深深地烙印在林鸣心中，成为他坚定的信条。

为什么建设沉管隧道的国家不多？在林鸣看来，一大原因就是从隧道建设的第一个环节开始就要小心谨慎，就要有风险控制。“一旦踏出第一步，就只能往前走，不能回头。并且，每一步都跟第一步同样重要。任何一步走错了，都会掉下去。”

而且，港珠澳大桥岛隧工程走的是世界最长、难度最大的“钢丝”。林鸣说，施工前后需要经过几百道工序，每一道工序都要做到零质量隐患；项目有上千个岗位，每一名施工人员都不能懈怠。

在一些同事眼中，林鸣既“严”又“细”。有人甚至评价，这份“严”已达至严苛，这份“细”近乎吹毛求疵。

在林鸣看来，这是“超级工程”不得不有的“超级要求”。“其实，我也不想每天拿着‘显微镜’。但要知道，到达终点之前，我们迈出的每一步都关乎成败，必须确保万无一失。即使是一块砖，也要认真研究关于它的各种问题。”他说。

在 E10 沉管安装后，工程人员原来认为偏差值只有 3 厘米 ~4 厘米，

· E33 沉管浮运

但后来实际测量发现多了5厘米。哪里出问题了？整整100多天，林鸣带着团队一直在检查到底是系统的问题，还是操作的问题，抑或是整个安装方法的问题。

整整100多天，反复查，交通运输部派来了督查组。副总工高纪兵2011年3月份加入建设队伍。他说："唯一一次想做逃兵是在E10沉管安装的时候，是我唯一一次跟林总说我不想干了，我准备走了。林总专门请我吃了一顿饭，他说我都能顶得住，你为什么顶不住？"

督查组由交通运输部一位副部长带队，这是交通运输部自成立以来第一次对一个工序进行督查。当时，林鸣向督查组负责人说了句掏心窝子的话："你们应该判断我们这里是发生了问题，还是出现了难题。显然，工程碰到了难题，你们应该帮助我们。"

最终督察结束，发现整个工艺、环节都没有问题，所有管理流程程序都符合规定。工程技术人员确定，E10沉管是遇到了深水深槽的难题。世界上以前的沉管隧道都是浅埋，一般埋深不超过3米。但是港珠澳大桥沉管埋深超过20米。深槽开挖后，对整个海流结构会产生一个齿轮现象，导致沉管安装偏差比预想要大。

委屈归委屈，难归难，对于大多数人来说，来了，就必须坚持，"铁了心在这干"。

"我夜里经常惊醒。梦里面都是工程问题，这些问题会突然把我从睡梦中带出来，醒来我就开始思考问题。"林鸣说。E10沉管出问题期间，他脑子里反反复复就像放电影一样一直回想安装的画面。"最后觉得不行，脑子停不下来，不停地重复现场的画面，一点都没法休息。我就去看了两遍计算机之父图灵的电影，看到他那么执着，很有知遇之感，最后把自己解放了出来。"

港珠澳大桥沉管隧道超越了之前任何沉管隧道项目的技术极限。林鸣说："我们不能给工程、给自己、给历史留下遗憾！"

2017年3月7日8时40分，经过近26个小时的浮运、系泊、沉放、对接等施工，最后一节沉管E30成功安装。至此，岛隧工程33节沉管全部完成安装作业，此次管节安装的轴线偏差仅为1毫米。

1毫米，一张普通银行卡的厚度。8万吨重的"巨无霸"在40多米的海底要毫厘不差地稳稳"睡"在碎石基床上，不仅要"沉睡"在设计师们预先划定的"安全线"内，而且要精确匹配。

"这是所有33个沉管里面限制条件最多的一个，它的高程、平面轴线对它有很高的限制。如果不能按照我们想象的位置定位的话，到时候就很难调整了。在33个沉管中，它应该叫'一锤定音'，从某种意义上它控制了我们的施工精度。"林鸣深知E30沉管对接精度控制的重要性，这不仅关乎已建海底隧道的整体线形，更与沉管隧道最终接头安装施工密不可分。

从2013年5月2日首节沉管安装，到2017年3月7日最后一节沉管成功对接，历时整整1400个日夜，与海浪共舞，与回淤赛跑，与台风竞速，建设者们用心构筑了近7公里长的沉管隧道。

那几年，每一条沉管的生产、安装对于建设者们来说都是一次巨大的挑战：

第一节沉管96小时连续鏖战、E10沉管安装遇到深水深槽难关、E15沉管安装遭遇基槽回淤难题、E17沉管遇到"龙舟水"阻拦……

最终，海底隧道完成了从"深海初吻"到"攻克'珠峰'级工程难题"的跨越。在港珠澳大桥创造的诸多"世界之最"中，海底隧道就占了三条：

最长海底隧道：港珠澳大桥全长 6.7 公里的海底隧道，由 33 节钢筋混凝土结构的沉管对接而成，是世界上最长的海底沉管隧道。

最大沉管隧道：每个沉管重约 8 万吨，相当于一艘中型航母的重量。沉管隧道浮在水中的时候，每一节的排水量约 75000 吨，而辽宁号航母满载时的排水量也只有 67500 吨。一个标准管节长 180 米，宽 37.95 米，高 11.4 米，面积比足球场稍小一点。

最精准的“深海之吻”：沉管在海平面以下 13 米至 44 米不等海底无人对接，共需对接 33 次，耗时 4 年，沉管连接处橡胶止水带可保 120 年不渗水，对接误差控制在 2 厘米以内。

对林鸣来说，这个工程最大的挑战是在面对不确定性、不知道结果究竟会怎样的压力时，坚定信念、永不放弃。

“这么多年，花了这么多精力，遇到压力或者需要坚持的事，都是对心灵的考验。”林鸣说，面对种种考验，唯有尽力思考，相信自己的智慧，相信团队力量，才能坚持下去。“我们有一支打不散的团队，有一支铁血团队，才能完成这个工程。”

第六章　最终接头

生活最好略为困难，不走太过平坦的道路。

——图灵

LINGDINGYANG SHANG DE TALANG ZHE

生活最好略为困难，不走太过平坦的道路。

——图灵

2017年5月2日，最关键的时刻来了。

这一天，是安装关乎大桥成败的沉管隧道最终接头的日子。别以为它是普通的接头，港珠澳大桥的6000吨最终接头重量相当于25架空客A380。

如何把“巨大的”接头精准安装到海底，正好楔入沉管之间？

林鸣说：“考虑风力、洋流、浮力等多种因素，误差只允许在1.5厘米以内。这在世界交通史上是史无前例的，无异于海底穿针。”

海底穿针啊，这又是多大的风险，多精细的重担！

长期追踪报道港珠澳大桥工程的《21世纪经济报道》记者赵忆宁

·外海沉管浮运安装：带缆作业

这样记下自己的思考：可能没有人告诉你或者教你如何作出一项决策，但林鸣团队告诉你如何在风险条件下作出好的决策；可能没有人教你怎样与风险抗争，但林鸣团队展示了在面对多方面风险的情况下，如何对风险排序并及时作出反应。他们以央企的担当勇气和世界水平的专业精神，为世界沉管隧道建设贡献了“主动止水最终接头”的“中国结构”“中国预制”以及“中国安装标准”，确立了中国从沉管隧道建设弱国到世界沉管技术领军国家的地位。

2017 年 5 月 2 日的伶仃洋面，凉风习习、波澜不惊。“天气非常好，风力 2~3 级，海面也很平静，对最终接头吊装工作非常有利。”港珠澳大桥管理局副总工程师钟辉虹说。

一切就绪、蓄势待发。最终接头，它的安装，又会上演什么样的故事？

最后 12 米

凌晨 4 时许，指挥船“津安 3”、起重船“振华 30”、拖运船“振驳 28”及潜水船的工作人员全部到达伶仃洋施工海面，世界最大单臂全回转起重船“振华 30”高耸入云，这支“气场巨大”的团队即将进入紧张的最终接头吊装工作。

“预祝安装圆满成功！”“振华 30”上，安装人员身穿橙色救生衣，整齐划一地列好队，进行最后的战前动员。

“呜……”5 时许，“振华 30”长长的汽笛声撕破了清晨伶仃洋平静的海面，吹响了港珠澳大桥海底隧道最终接头吊装的号角。

经过反复严格的调整、校对，“振华 30”吊臂旋转到位，即将与最终接头连接。参与过全部 33 节沉管安装的港珠澳大桥岛隧工程项目Ⅴ工区质检部部长汤慧驰介绍，最终接头起吊升高约 20 米后，将越过缆绳，再旋转90度就能到达面前的施工海域上方。

·潜水员下水探摸作业

7时许，“振华30”开始起吊准备。最终接头吊装过程中的姿态保持、旋转、落水等实时数据不断在“振华30”指挥室闪烁。20余名工人在15分钟内，利落地完成吊装最终接头所用4根吊带的连接安装，随后陆续撤离。

7时20分许，指挥室传来指令：正式起吊。林鸣宣布：“主钩起。”

“超级大力士”“振华30”将最终接头缓缓吊起，逐渐吊离安放最终接头的船舶“振驳28”。

“哇！才一会儿的工夫，最终接头已经吊起有4米高了。”多艘船上的各路记者纷纷拿出手机记录这一时刻。

最终接头在“振华30”的作用下，开始缓慢转向“振华30”与“津安3”之间的安装海域上。一个多小时后，最终接头到达吊装海面上方。

9时许，在“振华30”的作用下，接头开始下放，即将进入水中。为确保船身稳定，吊装精度达到1.5厘米的要求，“振华30”上连接船锚的各条钢缆全部拉直紧绷。

15分钟后，最终接头已接触到水面，“再降5米！”指挥室林鸣传来指令。接头继续缓慢进入水中，没过一半时，进行数据缆、定位缆的系缆等工作。

最终接头继续下沉，经过多次调整、校对，9时40分许，接头完全没入水中。

"成功着床！感谢大家！"林鸣话音刚下，一阵热烈的掌声随即响起。经过约 4 小时的吊装沉放，中午 12 时，港珠澳大桥沉管隧道最后 12 米的接头在 29 米深的海底成功着床。

之所以称之为"海底穿针"，是由于最终接头与两端沉管之间的安全距离都仅有 5 厘米。一不小心，就会造成碰撞，破坏沉管隧道。

确认水下安全距离，除了几套测量系统，靠的是默默耕耘的潜水员团队。为进一步确保海底对接的精准性和安全性，潜水员轮番入水测量，确认最终接头的顶部间距、底部间距和周围间距。

下午 4 时许，最终接头间距检查完毕，最终接头的顶推系统准备就绪。

"开始顶推。"林鸣发出指令，最终接头随即进行小梁顶推，千斤顶将止水带顶出后，将与两侧沉管相接，形成临时止水。历经 6 小时的水下顶推后，晚上 10 时许，最终接头的橡胶止水带与两侧沉管紧紧相连，完成精准对接。

过去 4 年时间里，林鸣和团队在伶仃洋上实现了 33 节巨型沉管浮运安装。如今，E29 和 E30 之间最后 12 米也要联通了。

22 时 30 分，在 100 多位记者的见证下，林鸣带领团队完成了港珠澳大桥沉管隧道最终接头的吊装沉放，几十家媒体发出"最终接头安装成功"的消息。

惊心动魄的 38 小时

然而，故事到此并未完结。港珠澳大桥的特殊性决定了它总会给人"惊喜"。

5 月 3 日凌晨 4 时，林鸣辗转反侧，他在等待一个重要的电话——关于最终接头"贯通测量"数据。以往，获得这个数据只要两三个小时，过去4年他们已经完成了33个管节的安装，都是如此。

“最终接头安装成功”，依据的是现场卫星、声呐测量数据。按照设计最终接头横向偏差允许值在7厘米之内的标准来说，只有3~4厘米的横向偏差堪称完美。但林鸣等的是“贯通测量”数据——一套以光学测量方法建立的测量系统所得的数据，也是最终将被承认的数据，这个数据只有打开最终接头的钢封门后才能获得。

清晨6时，还未接到贯通数据电话，林鸣开始感到不安，“肯定出问题了”。他拿起电话打给贯通测量负责人刘兆权：“怎么回事啊？数据出来了吗？”

·最终接头试吊下沉入水

刘兆权在电话里有点吞吞吐吐。经过他们多次数据复核验算，贯通数据显示偏差可能达到14~15厘米，与GPS测量相差甚远。

好在，沉管结构不受影响，滴水不漏。

·最终接头入水试漏检查

不过，数据差超过了预想。林鸣随即给港珠澳大桥岛隧工程项目总设计师刘晓东、副总工程师尹海卿、沉管基础监控负责人梁桁等打电话：“出问题了，去现场。”

接下来，直到2017年

5月4日19时50分，所有参与其中的人都经历了建设生涯中最惊心动魄的38小时。

从营地到最终接头沉放作业位置，“津安3号”指挥工作船（沉管安装船）航行了几十海里。一路上，指挥工作船上的人们从往日的交谈甚欢变得沉默不语。就在昨夜，几小时前这里还在举行庆典，燃放烟花，而现在的结果，到底预示着会发生什么呢？

一路上，林鸣也一改平常上船就询问工作的做法，一言不发。

一个多小时后，几位项目负责人从东岛E33管节进入夹在E30和E29管节间的最终接头。眼见为实，手工测量横向最大偏差17厘米，但东西向偏差仅有1厘米，止水带压接均匀，不漏水。

林鸣表情凝重。按照计划，最终接头安装后目标是南北向偏差控制在5厘米以内，而现实是，南北向偏差17厘米。

“横向误差17厘米，要不要重新精调对接？大家都说说吧。”这是

· 最终接头起吊、转向

·最终接头旋转 90 度，准备沉放

林鸣的习惯，每当遇到重大决策时他第一步要做的就是收集信息并加以权衡。这是一个设计师、工程师、工程监理、设备提供商和业主共同参加的决策会议。

在安装指挥船上的会议室里，围坐着项目管理方、施工方、设计方、建造方、技术服务方以及振华重工的人员。

刘晓东感到从未有过的纠结，作为岛隧工程项目总设计师，他十分清楚沉管“错牙”是不能接受的，如果缺陷在 10 厘米之内，可以通过管节内表面装修或者焊接来调整，前提是不能超过行车道净宽的安全间距。他第一个发言：“因为不漏水，所以甚至偏差在 10 厘米我都可以接受，但 17 厘米的偏差已经到了绝不可以容忍的极限，现在很难抉择。再装一次的话，过程不怕，而是怕再装一次不成功。一旦从成功走向不成功，一切就都毁了。”

岛隧工程副总监理周玉峰一针见血：“错边超出了验收标准的要求，

· 最终接头沉放施工

是一个质量的缺陷项。因为最终接头安装既没有先例，也没有国家标准可以参照，如果业主（港珠澳大桥管理局）和总设计师允许这样的偏差值并且放行，作为工程监理，我也会同意。但是，根据港珠澳大桥验评标准，在信誉评价的时候要对工程扣质量分。缺陷就是一个不合格项，势必成为6.7公里沉管安装的败笔。”现场有人注意到当林鸣听到“败笔”两字时动作的细微变化：合十紧压在嘴唇上的双手握成了拳头。

梁桁一直在观察林鸣的反应，他已经嗅到林鸣“不甘心”的气息。但梁桁还是表达了自己的想法：“如果能够满足设计和使用要求，我不赞成顶开重做，因为最终接头并没有漏水。理论上四个保障系统可以按照原来的流程逆向操作一次，但是对逆向操作过程中会碰到什么风险缺乏实操预案，所以马上再做一次的风险太大了。”

瑞士威胜利（VSL）的沃尔特·奥尔索斯在施工现场被称为“水爷”，他是国际著名的预应力专家，也是国际预应力协会会员。沃尔特也认为

·最终接头结合腔焊接完成，海底隧道贯通

不宜再次对接：“最终接头顶推系统的原设计方案中，没有‘重新安装’逆向操作的预案，但为了安装和测试，液压系统具备将顶推小梁移出并再次安装的功能。虽然千斤顶释放负载后用泵收回是可能的，但在复杂工况条件下将对系统设备构成很大挑战。”

还有人担心，“最终接头对接成功的消息已经遍布了各大媒体和网站，全世界都在铺天盖地报道这个振奋人心的好消息，现在重新再来一遍，人们会不会认为昨天是一次失败的对接？”

更关键的是，如果对接不成功，或者偏差比现在还大，该如何交代？

此时，林鸣在加速思考。4年多的时间里，那么多“不确定”都走过来了，这一次的“不确定”一定会是不可控的风险吗？

他把目光投向了港珠澳大桥管理局副总工程师钟辉虹。作为项目管理方的大桥管理局，他们的意见至关重要。

一直在聆听大家发言的钟辉虹郑重地说：“‘最终’这两个字分量

· “津安 2” “津安 3” 安装驳

太重了，我们的意见是再来一次。”

这正是林鸣心中所想的。在他看来，不能把“不确定”和“风险”画等号，不确定性并非都意味着风险，还有获得收益的可能，只有当不确定性可能造成损失时才能谈到风险。

从清晨 6 时林鸣得到贯通数据，到中午 13 时第二次决策会结束，长达 7 小时。7 个小时里，林鸣几乎都在听，“始终在考虑该不该和能不能重新做，能不能做成功，风险可不可控”。

重来一次？重来就等于选择了不确定性，不确定性下最好的结果是精调大获成功，但也有可能不成功，而且风险一定是和损失相关的，比如错过时间窗口而延误工期，顶推系统的保压期只有 30 天，一旦失去压力，势必造成极大的损失。

经过深思熟虑，林鸣以他的工程经验和“直觉”，在反复确认所有细节及已知风险后作出抉择。他对在场的人们说:“这是120年设计使用寿命的超级工程,我们不能给工程、给自己、给历史留下遗憾!这个数据会让港珠澳大桥建设的光辉变得暗淡,我们曾经承诺过,我们自己这一关就应该是最高标准的,所以我决定重新对接!”

·沉管沉放安装操控

那一刻会场十分安静,甚至没有一个人争辩。其实每一个人的心里都在思考:“不精调,真能甘心吗?”林鸣的话犹如战场统帅的命令,触动了所有的人。

“海底穿针”将再度上演。

·沉管吊装缆

所有建设者都穿上了绣有五星红旗肩章的工服,这是林鸣特意交代的。“我希望五星红旗能激起参战人员的使命感!我们是在为国家完成这项超级工程!”

还记得那个香港土木工程署前署长刘正光穿雨衣的故事吗?2007年深港西部通道通车,这是内地与香港协作建设的第一座跨海大桥,以粤港分界线为界,香港建设了3.2公里,内地建设了1.9公里,最后交由香港人管理和养护。

一座桥分两段同台竞争，在工业化施工程度、精细化设计及现场管理方面，内地确实不如香港。刘正光因此在公开场合多次讲到内地工程的质量问题。那时林鸣是这个项目的专家顾问，他一直不服气。十年过去了，在与香港协作建设港珠澳大桥时，林鸣从一开始就决意要做一个世界上最好的“超级工程”。

“重新对接”，意味着把已经沉放的最终接头重新吊起来，工程师们要做的第一件事是把已经打开的钢封门重新焊死，往结合腔里重新注满海水，使结合腔的水压与外部海水的压力相同。2017 年 5 月 2 日，最终接头首次沉放后，工作人员打开了结合舱门并完成了排水。

5 月 3 日 13 时 30 分，决策会后，焊接结合腔舱门，拉开了最终接头逆向操作的第一幕。

5 月 3 日 19 时，开始为临时止水结合腔注水增压。为保障液压顶推系统与橡胶密封系统的安全，要使 10 米高的结合腔内部压强达到与 28 米水深水压相同的 0.28 兆帕。

灌水进展非常缓慢，4 个多小时后水压只达到 0.1 兆帕。在“津安 3 号”指挥船监控室中的林鸣一次次通过报话机询问压强，之后他开始怀疑水位计和水压计坏了。根据经验判断，只需要灌入不足 800 立方米（最终接头长 12 米、宽 38 米、高 11 米）的水不可能用这么长的时间。他准备将顶推小梁液压系统锁死机扣松开并回收小梁。

指挥团队中的骨干刘晓东、梁桁、中交四航院总工卢永昌等，在密切关注并分析结合腔加水过程，他们提醒林鸣还没达到内外水压平衡；副总工程师高纪兵注意到一个细节，他告诉林鸣压强还没有达到要求，钢封门上的变形压强监测仪数值与水压计是一致的，两组数据的一致性证明当时结合腔里面的水压就没有达到与外面相同的水平。

·沉管对接现场指挥

关键之时，林鸣立刻从监控室来到二楼舱室亲自看数据，他突然感觉打开锁死机扣有风险，立刻下令将机扣重新锁死。“如果在此时回收千斤顶将会面临钢封门崩掉的极大风险，如同站在悬崖边上，一脚踏出去又果断地收回来了。”刘晓东说。

林鸣从最终接头高30多米的通气塔爬到最终接头里，现场督战上海振华工人对钢封门的重新封闭操作。当看到狭窄的工作面与工人在里面的各种操作时，他异常小心，不断提醒施工人员要当心散放的操作工具掉到凹槽中，哪怕是一段绳索、一个扳手、几个螺丝，或者一块角钢，任何小物品落下都将影响舱门密封。

振华重工拥有世界上最多最优秀的专业电焊技师，有1125人获得美国焊接协会（AWS）证书，林鸣对他们充满信心。工人们开始徒手排查凹槽中是否有异物，直至在反复确认安全后，才开始舱门的密闭焊接。

面对危机，虽然有四大保障系统作后盾，但林鸣的团队成员才是最强有力的保障。“在林总7年的训练下，这个团队形成了特别能战斗的职业精神以及精益求精的专业化工作态度，掌握了非常专业的工作方法。平日他就如同我们的父辈，急起来也会骂人，但在关键时刻所有人都没有后退，为了这个‘世纪工程’，也是‘士为知己者死’。”梁桁说。

然而，仅仅过去5分钟之后，更大的考验来临：重新焊接的钢封门漏水了！

当结合腔水压上升到0.16兆帕的时候，指挥船的监控视频里传来中接头处“砰”的一声巨响，水流从舱门喷溅而入，水柱有5~6米高，就像高压水龙头一样。

视频中，指挥人员看到，在沉管中值班的工人冒着生命危险奋不顾身顶着雨衣往前冲去堵水，画面惊心动魄。水压很大，依靠人的力量根本顶不住。看到水柱那一刻，林鸣也惊呆了，因为在已经完成安装的33

· E33沉管与东人工岛暗埋段对接安装

· 集成多项沉管安装保障系统的沉管安装船“津安 3”操作室

个管节，从来没有见过漏水。

随即，工人们紧急把已经注入的 400 多立方米的水向外排，指挥人员再次进入检查舱门，发现舱门焊接的地方被崩掉了一个缺口，好在整体结构没有受到影响。

这个意外带给在场的人们巨大的心理冲击：风险忧虑乃至恐惧袭来，还敢再做下去吗？

此时已经是 3 日的 23 时，连续 9 个多小时的紧张操作，让所有人都非常疲劳。刘晓东、梁桁和高纪兵三人坐在指挥室的椅子上沉默不语。

刘晓东回忆说：“那时就想，重新对接尝试过了，十几厘米的误差并不是不能接受，就此打住吧。”而梁桁非常担心发生连锁反应：“厄勒隧道 E13 管节沉入海底，沉放时没有任何迹象表明会发生事故，但

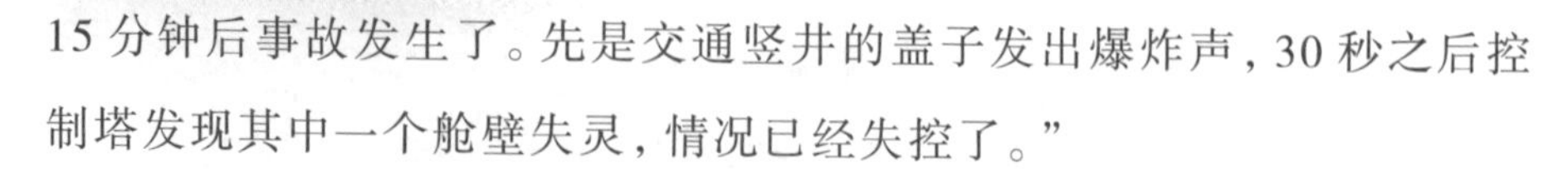

15 分钟后事故发生了。先是交通竖井的盖子发出爆炸声，30 秒之后控制塔发现其中一个舱壁失灵，情况已经失控了。”

此时的高纪兵更是后怕：“如果 5 分钟前下达了脱开顶推系统的命令，舱门会彻底崩开，海水将涌入淹没最终接头。还有必要再走下去吗？第一次决策会时很多人反对重新对接：非可控因素太多了，风险太大了！”

“假如再开决策会讨论，我坚决不同意接着往下干了。”刘晓东说。

林鸣还是一如既往地镇定。他明白，碰到这种情况时，人们一般会往最坏的方面想，而忘了进行客观的风险评估。

如何进行沟通才能避免恐慌呢？他找了几个苹果给周围的人吃，笑着说：“吃个苹果保平安。”之后他迅即将注意力集中在技术分析层面，确定只是焊接出现了问题而没有其他问题。

漏水，在林鸣看来是一次没有造成实际损失的风险，犹如下棋时移动一个棋子，它可能被吃掉，但它却也可能是胜局的起点。

“如果总指挥不是林鸣，可以肯定地说，换任何一个人都会停下来，他的自信基于经验的判断，如果没有这种自信，只有坚强的意志他也不敢作这种选择。因为这个选择注定只许成功不能失败。”刘晓东说。事后还有人曾经问过“桥王”刘正光的看法，“桥王”肯定地说：“我不会选择重新对接的。”

· 最终接头起吊

在困难的时候稳如泰山、坚定不移，这是林鸣真正令人钦佩的非凡之处。他

· 最终接头钢壳制造

既有数十年工程锤炼培养出的高度专业的能力，又有大胆沉稳坚毅的性格。

结合腔中的水被重新排掉。重新修复损坏的钢封门，这对承担焊接任务的上海振华而言压力巨大。上海振华的工人认为自己给工程捅了娄子，但是林鸣甚至没有责怪他们一句。当钢封门被重新焊接之后，他通过对讲机下令：“继续加压！”

4 日 5 时，再次向结合腔成功注水，逆向操作的第一步已经完成。5 日 16 时 45 分，“振华 30”再次吊起最终接头，重新回到 5 月 2 日早上 7 时第一次沉放的原点。

最终接头已经放在 E29 管节与 E30 管节间，其与两个管节的距离都只有 15 厘米，重新对接意味着要将最终接头吊起来重新挪位。15 厘米，这么小的间距下，万一与 E29 管节或 E30 管节发生碰撞怎么办呢？

不会的。林鸣很有信心。

在他看来，1.2 万吨的“振华 30”起重船堪当重任。“振华 30”自从 2016 年 5 月建成后一直漂泊在海上，还未得以施展手脚。没想到，第一次出手就用在了超难的最终接头项目上。施工期间工程技术人员对吊装船索具长度误差、大吊臂（扒杆）扭矩和吊钩进行了专题攻关，精度从原来索具吊装 1.5 米误差缩小到 1 毫米。“成败在于细节中。”林鸣说。

5 月 4 日 17 时，“振华 30”再次登场，最终接头开始第二次安装，此时距离 5 月窗口期结束只剩下两个半小时。

林鸣开始用对讲机指挥“振华 30”吊车司机操控吊机大臂（扒杆）。“抬扒杆！”“下扒杆！”随着指令，大吊臂一起、一落。

两个小时过去了，他下达了上百次口令，不断地精确调整。林鸣在追求尽可能的“完美”，那时监测已多次显示偏差只有 3~4 厘米，完全达到设计要求，但林鸣并没有停，他要的是一个完美的精度。

19 时 50 分，吊机大臂的吊钩吊着 6000 吨重的最终接头在基床上稍微一滑一放。“放下去！”这是林鸣下达了吊装中的最后一个指令。

此时，距林鸣在 5 月 3 日 6 时接到第一个电话时，已经过去了 38 个小时。

最终，GPS 的数据显示偏差为 1 至 2 厘米。大桥管理局朱永灵局长当时也在现场。他说：“这个工程太惊心动魄了，我在这里，第一说明我们在一起，第二我坚信林总能够做好。”

5 月 5 日早晨 7 时，林鸣再次接到贯通数据电话，奇迹发生了：“贯通测量数据东西向偏差 0.8 毫米，南北向偏差 2.5 毫米。”

“搞错没有啊，怎么可能啊？是毫米级的精度？”林鸣有点不相信。

· 最终接头起吊装船

刘兆权肯定地说："林总，数据经过多次复核，真实可靠。"再也没有吞吞吐吐，刘兆权这次的回复流畅轻快并带着欣喜。

"我之前估计能够达到 3~5 厘米就已经很好了。人们不能想象，在强大压力下我们作出重新对接的决策，并把它做成功了。毫米级的精度只能说是天道酬勤的奖励，是对我们 7 年努力的一个奖励。"林鸣说。

这个"重新对接"还意味着，中国建设者首次在世界沉管隧道建设史上实操验证了最终接头施工方法"工序可逆"，为同类工程建设提供了可复制的施工经验和可供同类事物比较核对的标准。

说说其中的重磅创新之一——"可逆式主动止水最终接头"。它的巧妙之处在于可伸缩性止水顶推小梁，完全不同于目前世界沉管隧道已经使用过的 5 种工法。

早在 2012 年，在第一节管节还没有安装时，林鸣即率队着手调研世界上已有的最终接头工法，对中国香港、韩国、日本、欧洲等做过沉

管隧道最终接头的地区和国家都作了详细考察。

最后，他们得出结论：目前使用过的5种最终接头工法都不适用于港珠澳大桥。项目部为研制最终接头成立了技术攻关组（分8个大项、39个专题），一直研究到2015年年中才明确了设计方向。之后，又经过反复试验验证，可逆式主动止水最终接头诞生。

TEC首席隧道专家汉斯·德维特评价道："港珠澳大桥沉管隧道超越了之前任何沉管隧道项目的技术极限。因为港珠澳大桥沉管隧道的建设，中国从一个沉管隧道技术的相对弱国发展成为国际隧道行业沉管隧道技术的领军国家之一。"

后记 人生价值

“人能走多远？这话不是要问双脚而是要问志向；人能攀多高？这事不是要问双手而是要问意志。”

——汪国真

LINGDINGYANG SHANG DE TALANG ZHE

“人能走多远？这话不是要问双脚而是要问志向；人能攀多高？这事不是要问双手而是要问意志。”

——汪国真

上面这段话出自汪国真的散文《我喜欢出发》。在央视《朗读者》节目中，林鸣曾经朗诵了这篇文章。

8年间，他就像文中所写，靠志向、靠意志带领着团队经受了无数没有先例的考验：

——航道繁忙，工期紧张，如何又快又好地建设两个10万平方米的人工岛？

——全球浅埋沉管普遍沉降20~30厘米，甚至40厘米也时有发生。中国的深埋沉管如何控制沉降，真正做到百年工程？

——洋面下暗流涌动，沉管安装如何实现毫米级的对接？……

8年间，林鸣和他的团队交出了出乎国内外专家预料的答卷：

——采用世界首创的“快速成岛法”，将直径为22米、截面面积相当于一个篮球场的巨型钢圆筒直接插入并固定在海床上，再填砂形成人工岛。仅仅7个月，伶仃洋上多了两个10万平方米的人工岛。

·林鸣（右）指挥最终接头试吊演练

——创造性地提出了“复合地基”方案，在保留碎石垫层设置的同时，将人工岛岛壁下已使用的挤密

· 高流动性混凝土坍落度检测

砂桩方案"移植"到隧道，为海底增加"骨骼"，形成"复合地基"。如今，沉管隧道地基的沉降都控制在5厘米以内，为全球最好水平。

——自主研发出成套沉管隧道浮运和安装技术。对隧道基槽开挖提出了0~0.5米的误差控制范围，堪称"海底绣花"。探索建立世界上首个回淤预警预测系统，用多种手段进行基槽回淤情况监测，为沉管隧道施工提供决策依据……

有人问，在这8年中，什么时候最难？林鸣说，哪有什么时候最难，这8年中任何时候都很难。就是一个阶段、一个阶段地不断突破难点。

有没有坚持不下来的时候呢？林鸣说，有，有在崩溃边缘的时候，但是却没有想要放弃的时候。在沉管安装倍受曲折的时候，他就跑步、看书、看电视换换脑子。

"记得看过两次讲计算机科学之父图灵的电影《模仿游戏》，印象很深。图灵多么坚持。有人理解他吗？很少。但是他坚信自己做的是对的。"林鸣说。

什么样的人生才有价值？这是一个让无数人苦苦追寻答案的问题。

林鸣说，自己一辈子都在修桥，造好桥、做好事就是自己的人生价值。

"桥的价值在于承载，而人的价值在于担当。"林鸣说，干大项目，必须勇于担当、敢于牺牲。牺牲“小我”，才能成就“大我”。

2017 年是林鸣的本命年。港珠澳大桥全程贯通时，他已年逾花甲。

很多人不理解，年届退休，为什么还要这么拼命？这数千天如一日“打鸡血”的激情到底从哪儿来？

“我对每一项工作都很认真，不能因为它重要你是一种态度，不重要你又是一种态度。认真对自己有利、对团队有利、对企业有利、对国家有利，对民族也有利。如果你的民族都认真，那你就有一个非常强大的民族，是不是？”林鸣这样回答。

是啊，一个投资上千亿，高峰时数千人在工地，检验中国水平的“超级工程”哪里容得下一点点不认真？哪怕一点点疏忽，都会被放到全球的聚光灯下。中国工程的名誉，经不起出一点点错。

最终接头安装就是林鸣用认真书写人生的最好注脚。2017 年 5 月 2 日，堪比太空对接的最终接头安装战役打响，第一次对接，花了 16 个小时，按工程惯例和荷兰专家的意见，已经成功，可是林鸣认为不够理想，坚持重来。第二次，42 个小时，12 米长、重 6000 吨的最终接头稳稳地放进了 29 米深的伶仃洋海底，完美地嵌在了两节沉管之间，精度达到 0.8 毫米和 2.5 毫米。这样高的精度意味着几乎没有偏差！

“每一个口令都是我指挥，像指挥一个交响乐一样，指挥这个安装是我人生的巅峰。”林鸣说。

一丝不苟，才经得起历史的检验。

就是这样的信念，支撑着林鸣的坚持不懈。

岛隧项目副总工、林鸣的“弟子”之一高纪兵说，跟着师父干，就一个字——“累”，但是累得值得，因为进步特别大。“跟他干下来，什么工程都能干。”

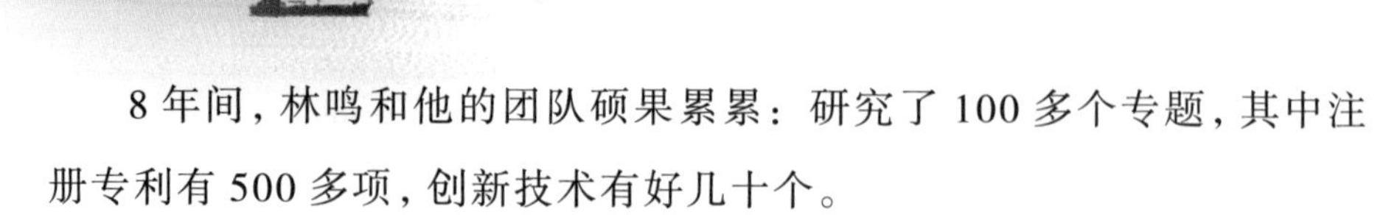

8 年间，林鸣和他的团队硕果累累：研究了 100 多个专题，其中注册专利有 500 多项，创新技术有好几十个。

蓝天为卷，碧海为诗；深海卧龙，踏浪伶仃，只为天堑变通途。

林鸣说，人生在创造的时候很艰难，但不断奔跑的人生才是最充实的人生。

附录

LINGDINGYANG SHANG DE TALANG ZHE

附 1：港珠澳大桥建设大事记

港珠澳大桥整个项目包括海中桥隧主体工程、香港连接线、香港口岸、珠海连接线、澳门连接线和珠海澳门口岸，总长约 55 公里，是世界总体跨度最长、钢结构桥体最长、海底沉管隧道最长的跨海大桥。该工程从前期规划到完工历时十余年，其中大桥主体工程建设近九年。以下为大桥规划建设大事记：

2003 年 8 月 4 日，国务院正式批准粤港澳三地政府开展港珠澳大桥前期工作，同意粤港澳三地成立“港珠澳大桥前期工作协调小组”。

2004 年 3 月，港珠澳大桥前期工作协调小组办公室成立，全面启动大桥建设前期工作。

2009 年 10 月 28 日，国务院常务会议正式批准港珠澳大桥工程可行性研究报告；12 月 15 日，港珠澳大桥正式开工建设。

2010 年 8 月 3 日，港珠澳大桥珠澳口岸人工岛填海工程抛石出水；12 月 28 日，岛隧工程沉管隧道干坞预制动工。

2011 年 5 月 15 日，岛隧工程西人工岛首个钢圆筒打设成功；9 月 22 日，东人工岛首个钢圆筒顺利振沉；12 月 14 日，港珠澳大桥香港口岸正式开工。

· 林鸣进行最终接头沉放数据分析

2012 年 7 月，大桥主体工程桥梁工程开工。

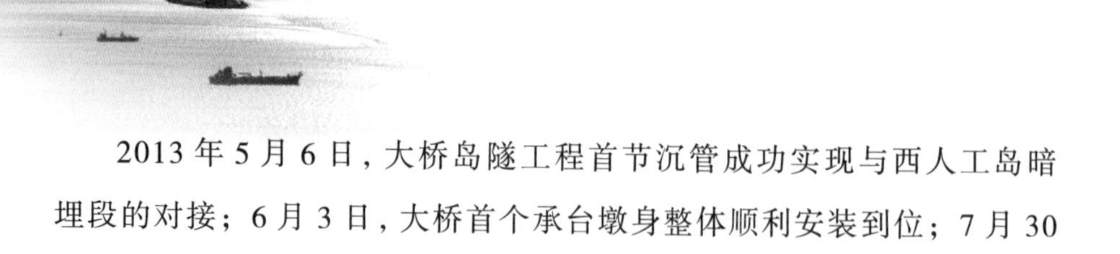

2013 年 5 月 6 日，大桥岛隧工程首节沉管成功实现与西人工岛暗埋段的对接；6 月 3 日，大桥首个承台墩身整体顺利安装到位；7 月 30 日，岛隧工程首节 180 米标准管节顺利完成浮运安装任务。

2014 年 1 月 19 日，大桥深海区首跨钢箱梁架设成功。

2015 年 1 月 8 日，大桥主体工程青州航道桥主塔封顶；2 月 2 日，大桥主体工程第一座桥塔——九洲航道桥 206 号墩上塔柱完成整体提升竖转；2 月 23 日，青州航道桥 56 号墩索塔“中国结”结形撑首个节段吊装成功；8 月 23 日，江海直达船航道桥首个“海豚”塔成功吊装；9 月 6 日，桥梁工程完成最后一件上节墩身安装，主体工程 220 座墩台全线完工；11 月 22 日，九洲航道桥段主体完工。

2016 年 1 月 13 日，岛隧工程 28 个直线段沉管预制全部完成；4 月 11 日，青州航道桥合龙；6 月 2 日，江海直达船航道桥 138 号钢塔成功吊装，大桥主体工程七座桥塔施工全部完成；6 月 29 日，港珠澳大桥主体桥梁合龙；9 月 27 日，港珠澳大桥主体桥梁工程贯通。

2017 年 3 月 7 日，海底隧道最后一节沉管成功安装；4 月 10 日，大桥珠海连接线拱北隧道全贯通；7 月 7 日，大桥海底隧道暨大桥主体工程贯通；7 月 28 日，西人工岛主体建筑封顶；8 月 31 日，东人工岛主体建筑封顶；12 月 31 日，大桥主体工程点亮全线灯光，主体工程的施工任务基本完成，基本具备通车条件。

2018 年 2 月 6 日，港珠澳大桥主体完成验收；9 月 28 日起，粤港澳三地联合试运港珠澳大桥 3 日。

2018 年 10 月 23 日，港珠澳大桥举行开通仪式；10 月 24 日，大桥正式通车运营。

附2：盾构施工法与沉管施工法

盾构法是暗挖法施工中的一种全机械化施工方法。它是将盾构机械在地中推进，通过盾构外壳和管片支承四周围岩防止发生往隧道内的坍塌。同时在开挖面前方用切削装置进行土体开挖，通过出土机械运出洞外，靠千斤顶在后部加压顶进，并拼装预制混凝土管片，形成隧道结构的一种机械化施工方法。

沉管法是在水底建筑隧道的一种施工方法。沉管隧道就是将若干个预制段分别浮运到海面（河面）现场，并一个接一个地沉放安装在已疏浚好的基槽内，以此方法修建的水下隧道。

沉管法对地质水文条件适应性强，施工工期短，对航运干扰最小。有利于多车道和大断面布置。沉管隧道的断面既可做成圆形，也可做成矩形或其他形状，十分灵活。

盾构法施工历史悠久，机械、工艺、经验都比较成熟。

用盾构法修建隧道已有150余年的历史。最早进行研究的是法国工程师M.I.布律内尔，他由观察船蛆在船的木头中钻洞，并从体内排出一种黏液加固洞穴的现象得到启发，在1818年开始研究盾构法施工，并于1825年在英国伦敦泰晤士河下，用一个矩形盾构建造世界上第一条水

·林鸣指挥最终接头水力压接施工

底隧道（宽 11.4 米、高 6.8 米）。在修建过程中遇到很大的困难，两次被河水淹没，直至 1835 年，使用了改良后的盾构，才于 1843 年完工。其后 P.W. 巴洛于 1865 年在泰晤士河底，用一个直径 2.2 米的圆形盾构建造隧道。

1847 年，在英国伦敦地下铁道城南线施工中，英国人 J.H. 格雷特黑德第一次在黏土层和含水砂层中采用气压盾构法施工，并第一次在衬砌背后压浆来填补盾尾和衬砌之间的空隙，创造了比较完整的气压盾构法施工工艺，为现代化盾构法施工奠定了基础，促进了盾构法施工的发展。

20 世纪 30 至 40 年代，仅美国纽约就采用气压盾构法成功地建造了 19 条水底的道路隧道、地下铁道隧道、煤气管道和给水排水管道等。从 1897 年到 1980 年，在世界范围内用盾构法修建的水底道路隧道已有 21 条。德、日、法、苏等国把盾构法广泛使用于地下铁道和各种大型地下管道的施工。

1969 年起，在英、日和西欧各国开始发展一种微型盾构施工法，盾构直径最小的只有 1 米左右，适用于城市给水排水管道、煤气管道、电力和通信电缆等管道的施工。

中国于第一个五年计划期间，首先在辽宁阜新煤矿，用直径 2.6 米的手掘式盾构进行了疏水巷道的施工。中国自行设计、制造的盾构，直径最大为 11.26 米，最小为 3.0 米。正在修建的第二条黄浦江水底道路隧道，水下段和部分岸边深埋段也采用盾构法施工，盾构的千斤顶总推力为 108 兆牛，采用水力机械开挖掘进。在上海地区用盾构法修建的隧道，除水底道路隧道外，还有地铁区间隧道、通向河海的排水隧洞和取水管道、街坊的地下通道等。

沉管法施工相对年轻，但也有众多成功案例。

沉管法施工于19世纪末已被用于排水管道工程。第一条用沉管法施工成功的是美国波士顿的雪莉排水管隧洞，于1894年建成，直径2.6米，长96米，由6节钢壳加砖砌的管段连接而成。20世纪初叶，开始用于交通隧道，1910年美国建成了第一条底特律河铁路隧道，水下段由10节长80米的钢壳管段组成。至1927年，德国于柏林建成了一条总长为120米的水底人行隧道。采用沉管法修建的第一条水底道路隧道为美国加利福尼亚州的奥克兰与阿拉梅达之间的波西隧道，建成于1928年，水下段长744米，使用12节62米长的管段。它是钢筋混凝土圆形结构，其外径为11.3米。该隧道采用圆形的双车道断面等许多重要特点，成了美国后来沉管法运用的楷模。但从1930年建造的底特律—温莎隧道起又采用了钢壳制作的管段，而将其横断面的外形改为八角形。

沉管法修建水底隧道一个明显的进步，是1941年在荷兰建成的马斯河道路隧道。管段用钢筋混凝土制成矩形结构，内设4车道并附设自行车和人行的专用通道。管段断面为24.8米×8.4米，外面用钢板防水，并用混凝土作防锈保护层。因管段宽度大而创造了喷砂作垫层的基础处理方法。在欧洲由于向多车道断面发展，都采用这种矩形的钢筋混凝土管段，为第二代沉管隧道奠定了基础。

20世纪50年代以后，由于水下连接技术的突破——采用水力压接法，并应用橡胶垫圈作止水接头，沉管法被广泛采用，并随之较快地发展。60年代后期，又出现了不设通风道，又无通风机房的第三代沉管隧道。管段断面相应缩小，有利于提高沉管法的施工效益。丹麦于1969年建成的利姆水道隧道，即为这一型式应用的第一例。

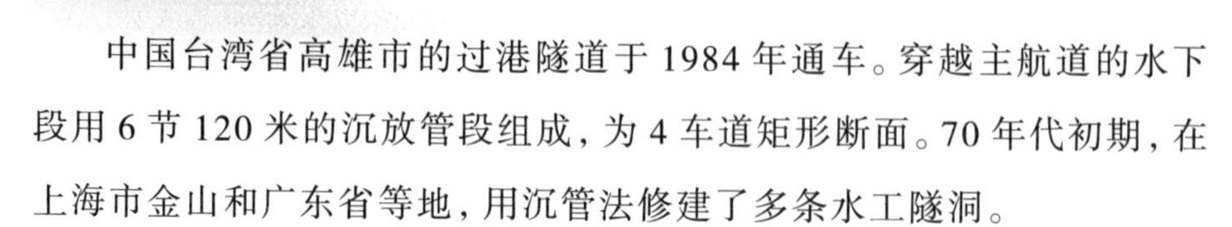

中国台湾省高雄市的过港隧道于1984年通车。穿越主航道的水下段用6节120米的沉放管段组成，为4车道矩形断面。70年代初期，在上海市金山和广东省等地，用沉管法修建了多条水工隧洞。

沉管法也应用于建设地下铁道隧道。1960年开始施工的荷兰鹿特丹市地下铁道隧道工程即为一例。

附3：交通运输部　国务院国资委　中华全国总工会关于开展向港珠澳大桥建设者学习的决定

各省、自治区、直辖市、新疆生产建设兵团及计划单列市、经济特区交通运输厅(局、委)、总工会，各中央企业，交通运输部部管各社团、部属各单位、部内各司局：

2018年10月23日，中共中央总书记、国家主席、中央军委主席习近平出席港珠澳大桥开通仪式，会见港珠澳大桥管理和施工等方面的代表，充分肯定港珠澳大桥建设，并对建好用好管好大桥等作出重要指示，充分体现了以习近平同志为核心的党中央对交通运输工作的关心重视，对广大建设者、劳动者的关怀信任，为推动高质量发展指明了方向。

港珠澳大桥是“一国两制”下粤港澳三地首次合作共建的超级跨海工程，全长55公里，2009年12月15日开工建设，2018年10月23日正式开通。港珠澳大桥是世界上最长的跨海大桥，建设规模宏大，所处区域地理条件复杂，海上大跨度桥梁、海底隧道、人工岛等建设任务艰巨。面对困难和挑战，港珠澳大桥建设者们逢山开路、遇水架桥，发挥聪明才智，集成了世界上最先进的管理技术和经验，在设计理念、建造技术、施工组织、管理模式等方面进行了一系列创新，创下多项世界之最，标志着我国隧岛桥设计施工管理水平走在了世界前列。

港珠澳大桥建设者是坚持中国道路、弘扬中国精神、凝聚中国力量的杰出代表，他们以高度的主人翁责任感、卓越的劳动创造、忘我的拼搏奉献，为广大建设者、劳动者树立了学习的榜样。学习宣传港珠澳大桥建设者逢山开路、遇水架桥的奋斗精神，对深入学习领会习近平总书记重要指示精神，推动高质量发展、建设现代化经济体系具有重要意义。为此，决定在全国开展向港珠澳大桥建设者学习的活动。

一是学习他们忠诚担当、坚守梦想的奋斗精神。从难以置信的梦想，到充满期待的愿景，再到今日飞架粤港澳的超级工程，港珠澳大桥是一部历经跋涉的逐梦担当之作，是一群人对梦想不忘初心的执着坚守。为了实现跨越伶仃洋的梦想，建设者不计得失，很多人放弃了高职高薪、稳定工作，毅然加入港珠澳大桥前期工作，协调解决了桥隧工程方案、口岸查验模式、环境影响评价等关键性问题，让梦想照进现实。向他们学习，必须深入学习贯彻落实习近平总书记重要指示精神，坚持以习近平新时代中国特色社会主义思想为指导，增强"四个意识"，坚定"四个自信"，坚决做到"两个维护"，开拓进取、真抓实干，以永不懈怠的精神状态和一往无前的奋斗姿态，加快推进交通强国建设，为决胜全面建成小康社会、全面建设社会主义现代化国家当好先行。

二是学习他们开放融合、勇于创新的奋斗精神。港珠澳大桥建设者学习借鉴国内外先进技术，消化吸收再创造，力求集世界之大成。面对技术空白，自主研发出大直径深插钢圆筒快速成岛技术、"半刚性"沉管新结构、复合地基处理、深水深槽沉管安装施工等多项核心技术，克服了隧道处理与沉降控制、隧道管节沉放对接等多项世界级难题。向他们学习，必须坚持以供给侧结构性改革为主线，坚持深化市场化改革、扩大高水平开放，坚定自主创新的信心和骨气，加快增强自主创新能力和实力，在关键领域、核心技术上大胆创新、大胆突破，不断发挥聪明才智，克服技术难题，推动经济发展质量变革、效率变革、动力变革，显著增强我国经济质量优势。

三是学习他们攻坚克难、勇创一流的奋斗精神。港珠澳大桥建设

· 内装完成的沉管隧道

者打破了海上桥梁工程极限，打破了国内通常的“百年惯例”，制定了120年的设计标准。为达到当今世界最高的建设标准，他们在新技术、新工艺、新材料、新设备等方面积极开展科技攻关，确定了国际一流的工程混凝土耐久性设计指标、建设了全球第一条智能化钢箱梁板单元生产线、研制了“GMA浇筑式沥青”技术、打造了集成创新的交通工程系统……一系列探索创新使我国路桥建设技术和能力达到世界领先水平。向他们学习，必须弘扬勇创世界一流的民族志气，敢想敢干、敢为人先、敢于碰硬，瞄准科技前沿、产业前沿，不断破解发展难题、闯出发展新路。通过补短板、挖潜力、增优势，促进要素高效流动和资源优化配置，推动产业链再造和价值链提升，勇于攻坚克难、追求卓越、赢得胜利，抢占科技竞争和未来发展制高点。

四是学习他们敬业专注、精益求精的奋斗精神。“世纪工程”凝聚着全体建设者的劳动、创造和奉献，包括百易其稿、反复打磨设计方案的设计者，克服无数技术难题的工程师，达到误差不超过1毫米高精准水平的管钳工，不允许出现一丝瑕疵的混凝土工……在大桥建设的每一天，一个个平凡的人，认真坚定地完成一项项平凡的工作，成就了不平凡的伟大工程。他们勤于学习、善于钻研，不断积累、不断超越，用精益求精、追求极致的精神创造了一个个看似不可能的奇迹，交出了一份份完美的答卷。向他们学习，必须弘扬大国工匠精神，勤于学习、善于钻研，不断积累、不断超越，练就一身真本领，掌握一手好技术，在千帆竞发、百舸争流的时代洪流中展现风采，在建设现代化经济体系、服务人民群众的精彩人生中有所作为。

五是学习他们坚韧不拔、团结奉献的奋斗精神。从协调到规划，从设计到科研，从施工到管理，港珠澳大桥建设者肩扛为国建桥的责任与担当，用团结一心的奉献精神汇聚成战胜一切困难和挑战的磅礴力量。港珠澳大桥建设者遥望繁华、坚守寂寞，作出了很多牺牲，他们日夜与钢筋、混凝土为伴，朝夕与海风、浪涌为伍，默默承受着各种生理和心理的极限挑战。他们忘我投入、无私奉献，一路栉风沐雨，一路砥砺前行，用智慧和汗水展示了中国奋斗者的坚定和执着。向他们学习，必须进一步增强新时代工人阶级的自豪感和使命感，爱岗敬业、拼搏奉献，立足本职、胸怀全局，自觉把人生理想、家庭幸福融入国家富强、民族复兴的伟业之中，把个人梦想与中国梦紧密联系在一起，始终以国家主人翁姿态为坚持和发展中国特色社会主义作出贡献。

习近平总书记在会见港珠澳大桥建设者时指出，要重整行装再出发，继续攀登新的高峰。这既是对广大交通人的殷殷重托，也是加快交通强国建设的动员令。各部门各单位要提高政治站位，统一思想认识，把深入贯彻落实习近平总书记会见港珠澳大桥建设者代表时的重要指示精神与学习习近平新时代中国特色社会主义思想结合起来，与庆祝中华人民共和国成立70周年结合起来，切实将向港珠澳大桥建设者的学习活动引向深入、取得实效。交通运输广大干部职工要切实领会精神实质，不惧艰难险阻，勇于担当作为，勇做新时代的奋斗者，为实现中华民族伟大复兴再立新功。

交通运输部　国务院国资委　中华全国总工会

2019年2月11日

主要参考文献

【1】曾平标．中国桥——港珠澳大桥圆梦之路．广州：南方出版社，2018.
【2】长江．天开海岳——走近港珠澳大桥．北京：人民文学出版社，2018.
【3】赵忆宁．大国工程：真正的中国好故事．北京：中国人民大学出版社，2018.